BBULMEDIA

http://www.bbulmedia.com

고수,
하산하다

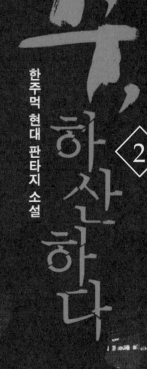

꼬우, 하산하다

한주먹 현대 판타지 소설

2

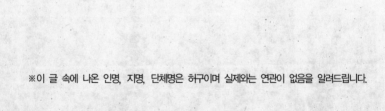

차례

1
서울행

私療未遇　西山之□

私療未遇　西山之□

臨頭行路歲以餞之

臨頭行路歲以餞之

春秋六十有二其年春秋六十有二其年

辭此下方魏乾他方辭此下方魏乾他方

墓

墓

永貞二年乙廿一月□

永貞二年乙廿一月□

路賢人同鬼神而□□

路賢人同鬼神而□□

西山之童

정수는 사채업자를 밟아 준 다음 날, 송 노인에게 전화를 걸었다.

변호사를 소개받으려는 것이다.

혼자 돌아다니다가 사고가 있었으니, 변호사를 소개받는 것이 좋을 것 같아 전화하는 것이다.

"어르신, 저 정수입니다."

—어, 정수구나. 천상검 님의 소문이 들리던데, 열심히 수련하고 있었냐?

"마지막이라 생각해 바짝 수련하고 있었습니다."

—천상검 님은 진짜 도사님이다. 그분에 비하면 우리는 반딧불 수준이야. 그분께 열심히 배워라. 정말 좋은 기회다.

"좀 배우기는 했는데, 제가 몸 쓰는 것은 별로 자질이 없지 않습니까? 그냥 맥을 잇는다는 생각으로 기본만 배웠습니다. 이제 그런 것이 별로 필요없는 세상 아닙니까?"

—어허, 도를 닦는 것도 때가 있어. 그리고 그분께 배우면 한국 도맥에서 한 손 안에 꼽힐 수 있다.

"에이, 요즘은 돈이 최고인 세상 아닙니까? 저는 어르신 비전을 최고로 생각하고 있습니다."

정수는 송 노인을 하늘 높이 띄워 주었다.

실질적으로 도움이 되는 노인이니 기회가 있을 때 아부를 하는 것이다.

—어허, 절대 그런 소리 마라. 그런 소리 했다가는 나쁜 물 들였다고 나는 완전 매장된다. 그런데 무슨 일이냐? 또 필요한 것이 있냐?

정수가 한껏 아부를 하자 송 노인은 용건을 물었다. 전화해서 띄워 주는 것은 부탁이 있다는 말이었다.

"다른 것이 아니라, 변호사 좀 소개시켜 주십시오. 아버지께 돈 좀 드렸더니 부적은 사기로 걸릴 수 있고, 장검은 무슨 소지증이 있어야 한다고 하고, 약은 의료법에 걸린다고 하고, 수입은 세금을 내야 한다고 하고, 집을 사려고 해도 사기당할 수도 있다고 하면서 걱정을 많이 하셨습니다. 그래서 변호사를 구해 상담도 받고 거래를 할 때면 도움을 받으라고 하셨습니다."

―아는 변호사가 있으면 좋기는 하지. 그래도 세상이 그렇게 팍팍하게 돌아가지는 않아. 문제가 생기지만 않으면 법 같은 것은 필요없어. 그런데 약도 만들어서 팔았냐?

"그게 아니라…… 그냥 산에 있는 약초로 부모님께 보약 지어 드린다고 했더니 약사법 운운하셨습니다."

―약은 조심해야 된다. 부적 같은 거야 시비 걸 사람이 없지만, 약을 팔았다가는 한의사가 고소할 수도 있어.

"네, 저도 약을 팔 생각은 없습니다. 약을 팔아도 얼마나 하겠습니까?"

―혹시 연단술도 배웠냐? 그냥 약이 아닌 것 같은데?

약이라는 말에 송 노인이 연신 질문을 해댔다.

좌도의 정통은 연단술이었다. 금단을 만들어 신선이 되겠다는 것이 좌도의 시작이었다.

물론 신선까지는 아니더라도 연단술로 약을 만들면 영약 수준은 되었다.

약이라는 말에 최근 정수의 기연도 조금 이해가 되었다. 노인이라면 가장 큰 고민이 건강이었으니, 송 노인은 집요하게 말꼬리를 잡아 갔다.

"연단술 아는 분이 있으면 저를 소개시켜 주십시오. 저도 몸이 다 나은 것은 아니지 않습니까? 내공이 약해지면 다시 고질이 재발할 겁니다."

―연단술은 소문만 도는 수준이다. 옛날부터 권력자들에

게 많이 시달려서인지 꼬리를 감추고 있다. 하여간 약은 조심해라.

"네, 주의하겠습니다."

—그런데 집도 사려고?

"여기는 TV나 인터넷도 없지 않습니까? TV라도 봐야 세상 돌아가는 것을 알 것 같습니다. 작은 집이라도 산 아래에 얻어서 왔다 갔다 하려고 합니다. 어려우시면 풍수를 가르쳐 주신 황 어르신께 전화하겠습니다. 그분이 입버릇처럼 재벌이나 장관을 들먹였으니, 아는 변호사가 많을 것 같습니다."

정수가 황 노인을 언급하자 송 노인은 흥분하며 목소리를 높였다. 분야는 다르지만 고객이 비슷해 많이 부딪치는 사이였다.

—무슨 소리야? 그놈은 죽은 자가 고객이잖아. 그놈 인맥이야 뻔하지. 그리고 집을 구하는 데 변호사는 필요없어. 내가 아는 복부인들이 많으니 잘 아는 놈 하나 보낼게. 변호사도 최고 로펌에 소개시켜 줄게. 기다리고 있어.

"로펌이요?"

—그래. 변호사가 모여 있는 곳이 로펌이야. 요즘에는 장차관들도 퇴임 후 거길 들어가는 경우가 많아. 장차관들이 몇 년 후 취직하는 곳인데 힘이 오죽하겠어? 로펌을 뒤에 두면 법에 걸려도 그냥 무죄로 나올 수 있어.

"그렇군요. 그런데 너무 거창해서. 제가 특별히 큰 일벌

일 것도 아닌데……."

—뒤가 든든할수록 좋지. 비용이 들어도 그런 곳은 미리 준비하는 것이 좋아.

"급할 것은 없으니 나중에 기회가 되면 소개시켜 주십시오. 그리고 집은 누굴 보내시겠다고요?"

—요즘에는 집과 토지를 중개하거나 조사하는 회사가 많으니 내가 알아서 하겠다. 일단 거기 주변에 매물이 있나 알아보고 만나도록 하자. 그리고 서울에 올 기회가 되면 로펌에 가 보자.

"네. 이거, 귀찮게 해서 죄송합니다."

—이 정도야 뭐. 하여간 땅강아지에게는 전화할 필요 없다.

"네, 어르신."

황 노인에게 경쟁심이 드는지 송 노인은 과하게 반응을 했다.

그래서인지 변호사가 아닌 로펌에 가기로 했고, 집도 중개업자에게 주변 매물을 조사시키도록 했다.

며칠이 지나자 송 노인에게 전화가 왔다.

집 문제로 만나자는 내용이었다. 도천사에 내려가서 기다리자 송 노인과 중개업자가 나타났다.

"빨리 왔구나. 도천사에 있었냐?"

"그냥 뛰어왔습니다. 평생 산에 있었는데 산길이야 평지죠."

"천상검 님께 배웠으니 당연하겠지. 이게 이 사람이 주변 집을 조사한 결과다. 매물이 얼마 없다."

송 노인은 정수에게 두툼한 보고서를 건네주었다. 매물로 나온 집의 사진과 위치, 등기부가 첨부된 보고서였다.

정수는 집의 사진과 위치를 대충 보며 마음에 드는 집을 찾았다.

"새로 짓지는 못합니까? 넓은 마당과 높은 담, 큰 지하실이 있었으면 하는데, 마음에 드는 곳이 없습니다."

정수의 질문에 중개업자가 대답을 했다.

"여기는 국립공원 구역이라 새로 집을 짓기가 힘듭니다. 그래도 기존 집의 개조는 가능하니, 구입해서 대수선하면 됩니다. 돈 있는 사람들은 그런 방식으로 이런 곳에 별장을 만드는 경우가 많습니다."

"지하실 만드는 것도 개조에 들어갑니까?"

"법적으로 대수선은 집의 골격을 건드리지 않아야 합니다. 그래도 기름칠을 하면 됩니다."

"기름칠이요?"

"별장들도 다 그렇게 만든 것이라 큰일은 아닙니다. 공무원이 산골에 들어와 확인할 것도 아니니, 다 좋게 처리하는 편입니다."

"음, 그럼 여기와 여기를 직접 확인하고 결정하겠습니다."

정수는 강룡사와 가까운 두 곳을 살펴보고 결정하기로

했다.

첫 번째 집은 등산로 근처였다.

지나다니는 사람들로 인해 소란스럽지만, 오히려 그 점이 마음에 들기도 했다. 원래 사람 사이에서 살려고 구하는 집이었다.

그러나 이곳은 너무 소란스러웠다. 수련도 해야 하는데 너무 시선이 많았다.

두 번째 집은 골짜기 내부에 있었고, 주변은 절벽이라 인적이 드물었다.

'여긴 너무 조용한데. 좀 더 기다려서 좋은 곳이 나올 때까지 기다릴까? 뭐, 길이 멀지 않고, 나도 차를 살 테니 상관없으려나?'

"좀 한적하지만, 여기로 하겠습니다."

"여기는 등산로와 먼데? 강룡사에는 안 갈 거냐? 이 집을 구했다가는 할망구가 나를 잡아먹으려 할 것 같은데."

집을 선택하자 송 노인인이 말렸다.

주변이 절벽이고 지형이 험한 산줄기였다. 이곳과 강룡사를 오가기는 어려운 지형이었다.

그러나 정수는 강룡사와 가까워 이 집을 구한 것이다.

"강룡사에 매일 들를 겁니다. 저야 등산로로 안 다녀도 됩니다. 여기도 강룡사와 가까워 고른 겁니다."

"지형이 너무 험한데……."

"저야 상관없습니다."

"하긴 그렇겠지."

"그럼 이 집을 구매해 주십시오. 집의 개조도 알아서 해 주십시오."

"네, 문제없이 처리하겠습니다. 근처 땅도 함께 나왔는데, 구매해 드릴까요?"

"땅이요?"

"개발할 수 없는 땅이라 싸게 나왔습니다. 이곳이 너무 외지고 지형이 험하지만 않았으면 벌써 팔렸을 겁니다."

"싸게 나왔다니 같이 사 주십시오. 그럼 얼마나 합니까?"

"땅까지 4억 정도를 부르고 있습니다. 좀 협상하면 3억 5천까지 내릴 수 있을 겁니다. 집의 대수선도 거의 새로 짓는 수준이라 5억 정도는 준비해야 할 겁니다."

"그런 건 알아서 해 주십시오."

"그럼 약속을 잡겠습니다. 그런데 계산은 어떻게 하시겠습니까?"

"현금이 많은데, 그걸로 하겠습니다."

"현금은 좀 위험합니다. 요즘에는 다 전산으로 연결되어 있어 부동산 명의가 바뀌면 세무서에서 자금 출처를 조사할 수도 있습니다."

현금이라는 말에 중개업소 직원은 경고를 했다. 빈대 잡으려다 집을 태울 수 있다는 경고였다.

자금 출처 조사는 그만큼 무서운 일이었다.

상류층들은 검사는 안 무서워해도, 세무서는 두려워하는 법이다. 그게 다 자금 출처 조사 때문이다.

법이야 어떻게 빠져나갈 구멍이 많지만, 세금은 결국 내야 하기 때문이다.

"에이. 어르신, 괜히 머리 굴리셨습니다. 돈이 있어도 쓰지 못하지 않습니까?"

"계좌에 갑자기 수십억 입금하는 것이 더 위험해. 그렇게 했으면 진작 세무서에서 나왔을 거야. 하여간 옛날이 좋았어. 옛날에는 마음껏 돈을 써도 걱정이 없었는데……."

"그냥 계좌로 쏴 주십시오. 뭐, 나쁜 일 해서 번 돈은 아니지 않습니까? 아버님 말대로 소득 신고해서 세금 내고 쓰겠습니다."

"부적값이라고 하면 세무서에서 믿어 줄까? 세금보다 고객 이름을 밝힐 수 없는 것이 문제야. 일단 네 생각대로 변호사에게 상담을 해 보자."

"그러는 것이 좋겠습니다."

현금은 곤란하다는 말에 정수는 송 노인에게 투덜거렸다.

그러나 수십억을 계좌에 넣어 주는 것도 위험하기는 마찬가지였다.

둘은 어쩔 수 없이 변호사 상담을 받기로 했다.

"개조야 천천히 해도 되지만 일단 집과 땅은 사 두는 것이 좋겠습니다. 출처를 밝히기 어려우시면 증여세를 물고 부모님께 받았다 해도 되고, 차용증을 써서 빌렸다고 입을 맞춰도 됩니다. 보통 부동산이야 은행에서 50% 정도 대출 받아 매입하는 것이 일반적이니, 절반만 있어도 됩니다."

중개업소 직원이 법률가는 아니지만 경험이 많은지 여러 자금 세탁 방법을 제시했다.

"증여가 괜찮겠네. 네가 성인이 되니 부모님이 머물던 곳 근처에 집을 사 준다고 하면 되잖아."

"그러다 부모님을 조사하면 불효 아닙니까. 일단 변호사 상담을 받아 봐야겠지만, 안 되면 차용증으로 하겠습니다."

"그러다 내가 조사받으면 어쩌냐?"

"어르신은 알고 계시는 높은 분이 많지 않습니까? 그때 는 힘 좀 써 보십시오."

"일단 변호사 상담을 받아 보자. 그리고 불법은 아니니 여차하면 네 계좌로 쏴 줄 거다."

"저도 꺼릴 것은 없습니다. 그럼 집은 협상해서 매입하 십시오. 연락 주시면 현금을 가지고 가겠습니다."

"알겠습니다. 그리고 주제넘는 충고이지만, 세금은 미리 신 고해서 확실히 하는 것이 좋습니다. 제 경험상 세무서에서 조 사 나오면 다 털리게 되어 있습니다. 어떻게 하든지 조사가 나 오지 않게 해야지, 일단 조사가 시작되면 덮기가 어렵습니다."

"알겠습니다. 그런데 어르신은 소득 신고하신 적 있으십니까?"

"내가 무슨 돈을 번다고 그래? 나 그냥 가지고 있던 땅 팔아서 사는 가난한 사람이야."

소득 신고라는 말에 송 노인은 발뺌을 했다. 부적값을 계좌로 받을 리가 없으니 가난한 척을 하는 것이다.

"아, 그러시구나."

"내가 재산세는 떼먹지 않고 잘 내고 있는 성실 납세자야. 그럼 내일 서울로 올라와라. 같이 변호사에게 가 보자."

"네. 그리고 변호사도 별다른 방법을 알려 주지 못하면 소득 신고해서 깔끔하게 정리하겠습니다."

"알았다. 너와 내가 피가 섞여 증여할 사이도 아니니 부적값이라고 하면 세무서도 어쩔 수 없겠지."

정수는 변호사도 별다른 방법이 없을 것 같아 소득 신고한다고 말했다.

변호사라고 해도 경험 많은 중개업자보다 더 좋은 방법을 제시할 것 같지가 않아서 하는 말이다. 증여나 차용증 같은 방법보다는, 차라리 당당히 소득 신고를 해서 떳떳한 것이 나을 것 같다는 생각이었다.

두 사람이 세금 문제를 상의하는 사이, 중개업자는 집주인과 통화를 하다가 다가왔다.

"요즘 부동산이 불황인지 바로 반응이 왔습니다. 오늘이라도 거래하자고 합니다. 가격도 3억 5천에서 더 내릴 수 있을 것 같습니다."

"내일 변호사 상담을 받기로 했는데⋯⋯."

"일단 계약금부터 걸고 나머지는 천천히 하면 됩니다."

"아, 계약금부터 걸면 되겠군요. 그럼 바로 하죠. 여기 현금도 가져 왔습니다. 나머지 돈은 일주일 후로 하십시오."

정수는 계약금부터 걸고 계약하기로 했다. 그래도 민법상 성년이 19살로 바뀌어 부모님 동의 같은 것은 안 받아도 되었다.

셋은 바로 집주인과 약속을 잡았다.

중개업자는 요즘 경제 상황과 오래도록 안 팔린 점을 들어 값을 깎아 갔다. 정수는 이것도 경험이라고 생각해 밀고 당기는 모습을 지켜봤다.

중개업자는 2천을 더 깎아서 계약서의 도장을 받았다.

'역시 전문가의 도움을 받아야 하는구나. 나라면 4억 다 주고 샀겠지.'

정수는 전문가의 위력에 감탄하며 3,300만 원을 계약금으로 주고 영수증과 계약서를 받았다. 중개업 수수료나 용역비를 줘야 하지만 깎은 값에 비할 바는 아니었다.

집주인과는 일주일 후 법무사 사무실에서 잔금과 명의이전 서류를 교환하기로 약속하고 헤어졌다.

"나와 같이 올라갈래?"

"괜찮습니다. 내일 KTX를 타고 올라가겠습니다. 그런 것도 경험 아닙니까."

"서울도 오랜만이지?"

"네, 일곱 살 이후로는 안 가 봤습니다."

"십 년이면 강산도 변하는데, 많이 낯설겠구나."

"TV로 많이 봐서 낯설지는 않을 겁니다."

"요즘에는 1년이면 강산이 변해. 올라오면 괜히 아는 척 말고 택시 타라. 그리고 양복이라도 하나 사라. 양복이라도 입어야 어리다고 무시받지 않는다."

"그렇군요. 하나 사 입고 가겠습니다."

"그래, 내일 보자."

송 노인은 마지막으로 양복을 입고 오라는 충고를 하고 서울로 떠났다.

'집 사는 데 복잡한 일이 무척 많네. 이게 세상살이인가? 앞으로 복잡한 일은 쫄다구나 변호사 같은 전문가에게 다 맡겨야지.'

정수는 세상살이가 쉽지 않다고 느껴졌다.

산에서야 고민 같은 것이 없었는데 내려와서는 발걸음 하나마다 신경 써야 했다.

정수는 경공으로 다람쥐처럼 나뭇가지를 밟고 암자로 날아갔다.

그러나 오늘은 왠지 나뭇가지를 밟는 정수의 몸이 무거워 보였다.

정수는 새벽부터 할머니와 노스님께 인사를 드리고 산을 내려갔다. 집에도 들러야 하니 적어도 하룻밤은 자고 와야 할 것 같아 인사드린 것이다.

정수의 짐은 우윳빛 액체 세 방울이 담긴 호리병 두 개뿐이었다. 올라가는 참에 부모님께 영약을 드리려는 것이다.

대전에 도착한 정수는 대여금고에서 돈을 찾았다.

은정에게 약속한 돈을 찾는 것이다.

확실히 정수는 금전 감각은 엉망이었다. 쉽게 벌었으니 쉽게 쓰는 것일 수도 있었다.

정수는 일억이 든 가방을 들고 기차역으로 향했다.

처음 대중교통을 이용하면 어려운 점이 많았다.

자주 타면 익숙해지겠지만, 처음이다 보니 표를 사고 열차가 오는 플랫폼을 찾기도 어려웠다.

정수는 눈치껏 기차역을 오가는 사람들의 흐름을 따라 움직여 표를 사고 플랫폼을 찾았다. 서울로 가는 것이니 사람들이 많이 움직이는 방향으로 가면 대개 맞았다.

기차 여행은 묘한 흥취가 있었다.

비록 현대적인 KTX지만 정수는 왠지 그리운 느낌이 들었다.

정수는 지루해하지 않고 창문 밖으로 지나는 경치와 실내의 사람들을 관찰했다. 그렇게 경치와 사람 구경을 제대로 하며 서울에 도착했다.

'무지 빠르네. 버스 타고 역까지 가는 시간이 더 걸렸잖아.'

재미있는 기차 여행이 금방 끝나자 정수는 투덜거렸다.

정수가 도착한 용산역은 거대했다.

백화점까지 있는 복합 타운이라 역을 나온 정수는 한참을 이리저리 다니며 구경을 했다. 길을 잃다시피 돌아다니던 정수는 역과 연결된 백화점으로 들어가게 되었다.

정수야 어벙한 상태지만 고객이 왕인 백화점이었다.

정수는 앉은 자리에서 머리부터 발끝까지 바꿔서 나올수 있었다.

물론 점원이 권하는 대로 사서 돈은 엄청 쓰게 되었다.

'완전 과소비네. 뭐, 상관은 없지.'

변신을 한 정수는 전화를 들었다.

서울에 왔으니 은정이에게 전화를 하는 것이다.

"나야, 용산역에 도착했어."

—바로 신촌역으로 오는 거야?

"아니, 변호사와 약속이 있어."

—변호사?

"응, 소득세 때문에 상담할 일이 있어."

—아니, 네가 무슨 소득세를 낸다고?

"내가 돈 많이 번다고 했잖아. 신촌은 오후쯤에 갈게."

—으응. 애들도 기다리니 오후에 와.

변호사와 상담한다는 말에 은정도 왠지 말을 길게 하지
못했다. 거짓말 같지는 않은데, 무작정 믿기도 어려워 말끝
을 흐리는 것이다.

은정과 통화를 마친 정수는 송 노인에게 전화를 했다.
"어르신, 저 용산에 도착했습니다."
—그럼 택시 타고 명함의 주소대로 와라. 점심이나 먹고
가 보자.
"네."
정수는 택시를 타고 송 노인의 집으로 갔다. 송 노인의
집은 남산 자락에 있어 금방 도착할 수 있었다.
'무슨 재벌 집인가? 영감님이 진짜 돈 좀 긁어모았나 보네.'
산자락에 있는 집이라 대문과 벽이 더욱 높아보였다. 좌
우로 뻗어간 벽의 길이도 성처럼 느껴질 정도로 길었다.
띵동.
덜컹.
벨을 누르자 얼굴을 확인했는지 바로 대문이 열렸다.
정원도 공을 들여 조경한 흔적이 보였다.
송 노인은 정원에서 정수를 맞았다.
정수는 절로 송 노인에게 허리 숙여 인사했다. 집을 보니
왠지 존경심이 든 것이다.
"집이 아주 좋습니다. 처음 보고 성인 줄 알았습니다."

"어흠, 내가 젊어서 땅 좀 사 놨지. 빌딩도 여러 채야. 부적값을 받아도 쓸데가 없어, 그냥 땅과 집에 묻어 뒀는데, 그게 잘 풀렸지. 그런데 너도 양복이 잘 어울리는구나."

송 노인은 아주 자랑스럽게 땅 부자임을 자랑했다. 시대에 맞게 도화살부를 만들고 땅에 돈을 묻었으니, 돈 버는 재주는 있는 것 같았다.

그런 모습에 정수는 더욱 존경심이 생겼다.

역시 돈이 능력인 사회였다. 높은 내공이나 도력보다 돈이 필요한 세상이었다.

"집 구경 잘했습니다. 가족분이 있으면 서로 불편할 테니 나가서 드시죠."

"요즘 애들 데리고 사는 집이 어딨어? 애들이야 다 분가시켰다. 이제는 같은 서울에 살아도 자식 얼굴 보기 힘든 세상이야."

송 노인은 달라진 세상 탓을 하며 자식 보기 힘들다고 하소연했다.

물론 그런 면도 있겠지만, 물려줄 돈도 많은데 자식 얼굴 보기 힘들다니, 뭔가 사이가 안 좋은 것 같았다.

직업이 무속인이니 자식들과 거리가 있는 것 같았다.

"그럼 신세 좀 지겠습니다."

실내도 드라마에서 보던 집 같았다.

'역시 돈이 좋군. 나도 이런 집을 사야지.'

부티 나는 집안을 직접 보게 되자 정수의 마음이 후끈 달아올랐다.

아직 세상 물정 모르고, 한껏 욕심을 내는 것이다. 가난하다면 너무 차이가 나서 쳐다보지도 않겠지만, 충분히 살 수 있다는 생각에 욕심도 내는 것이다.

부엌에서는 벌써 가정부가 식사를 준비해 두고 있었다. 정수는 식사를 하며 집에 대해 물었다.

"정말 드라마에서 보던 집 같습니다. 그런데 이런 집은 얼마나 합니까?"

"강북이지만 여긴 남산 자락이고 풍광이 좋아서 비싸다. 내 집은 대지가 넓어서 더 비싸. 팔 생각은 없지만, 한 50억은 줘야 할 거다."

"엄청 비싸군요."

"보통 단독은 위치에 따라 다르겠지만, 20억이면 좋은 것을 살 수 있다. 풍광이 좋거나 강남에 있으면 더 줘야 하고."

"요즘 부적 수요는 어떻습니까? 한 50장 팔 수 있겠습니까?"

"어허, 너무 마음이 급해. 부적은 정해진 가격이 없어. 약간 부족하고 구하기 어렵다는 인상을 줘야 높은 값을 꾸준히 받을 수 있어. 앞으로 네가 이어 받아야 하는데, 조절을 잘해야 한다."

"네, 주의하겠습니다."

"넌 아직 20살도 안 됐으니 서두를 필요 없다. 그리고 이 집은 나 죽을 때 네게 주마. 여기는 술사가 살기는 좋은 집터지만 일반인이 살면 위험해. 용혈이 오르는 자리라 일반인은 시름시름 앓을걸?"

"괜찮습니다. 저도 출처를 밝히기 어려워서 그렇지, 돈 벌 구멍은 또 있습니다."

"역시 약이구나?"

"아닙니다."

"그거 외에는 큰돈을 벌기 어렵잖아. 괜찮아. 내가 잘 쳐줄게. 내게 하나만 팔아라."

정수가 욱하는 마음에 돈 벌 구멍이 있다고 하자 송 노인이 약을 팔라고 압박을 했다. 연단술로 나온 금단이라면 전 재산을 주어도 아깝지 않은 보물이었다.

정수는 말실수로 외통수에 걸리게 되었다.

그러나 빠져나갈 구멍은 있었다. 정수가 배운 비전은 많았으니.

"제가 귀령술도 배웠습니다. 건수가 많지는 않지만 귀신을 쫓아 주면 큰돈을 벌 수 있다고 들었습니다."

"으음, 귀령술! 그럼 음부귀에게도 배웠냐?"

송 노인은 귀신노인과 비슷한 연배인지 선사가 아니라 귀라고 호칭하고 있었다. 음부귀가 본래 칭호인 것 같았다.

확실히 귀신을 다루는 노인에게 선사는 과한 존칭이었다.

"귀신처럼 생긴 노인분에게 배우기는 했습니다. 좌도의 어르신 중 그분의 도력이 가장 높아 보였습니다. 그런데 그분 이름이 음부귀입니까?"

"위험한 늙은이야. 조심해라. 그래도 네가 천상검께도 배웠으니, 그놈이 함부로 하지는 않겠다."

"제령이 필요한 건이 있으면 연락해 주십시오. 부자들은 원한도 많이 쌓았으니, 꿈자리가 사나운 사람이 있을 겁니다."

"귀령술은 쓰지 마라. 나도 좌도지만 그건 끝이 좋지 않아."

"저도 귀신은 싫습니다. 귀령술도 기초만 배웠습니다. 그래도 귀신을 다루는 주술이라 방어술도 강합니다. 제령 정도야 쉽게 할 수 있습니다."

"어허, 귀령술은 위험하다니까, 내 척사부도 있잖아."

"그거로 해도 되고요. 돈 있는 집안에서 건수가 있으면 연락을 주십시오."

"알겠다. 그런데 이제 속세에 너만 한 내공과 도력을 가진 사람은 없어. 곧 가만있어도 소문이 나서 귀찮게 하는 사람이 많을 거다. 명심할 것은 부적과 제령도 모두 거래다. 싸게 보이거나 얕잡아 보이지 않게 처음부터 잘해라. 가치는 자기가 만드는 거다."

"네, 최하 일억은 받겠습니다."

"어허, 최하 십억은 받아야지. 산속에는 아직 제법 있겠지만, 속세에는 너만 한 사람이 없어. 국내 최고라고 할 수 있으니 십억도 적다."

"네, 십억은 받고 움직이겠습니다."

송 노인은 정수에게 최고라는 자부심과 거래의 요령을 가르쳐 주었다. 세상을 살려면 실력보다 이런 것이 중요했다.

식사 후, 둘은 로펌으로 향했다.

서비스업이 오는 손님을 마다할 리는 없지만, 로펌 정도면 고객을 가려 받기도 한다. 약속없이 찾아가면 힘 있는 변호사를 만날 수도 없었다.

로펌의 건물은 상류층을 상대해서인지 부티가 넘쳐 났다. 로비에서 약속을 확인하자 매끈한 몸매의 비서가 회의실로 안내를 했다.

송 노인은 돈도 많고 소개를 받아 약속을 잡았기에 기다리는 사람이 많았다. 책임 변호사 1명과 보조 변호사가 2명이 회의실에 있었다. 세금 문제라는 이야기에 세무사와 회계사도 동석해 회의실에는 다섯 명이 기다리고 있었다.

상담 시간과 의견서의 양에 따라 상담비를 받겠지만, 이 상담으로 몇 천은 써야 할 것 같았다.

5명이나 기다리고 있자 두 사람은 약간 놀랐다. 로펌, 로펌하더니, 소문처럼 대단해 보였다.

인사와 명함 교환이 끝나자 바로 상담이 시작되었다. 정수야 명함이 없어 그냥 받기만 했다.

"세금 문제시라고요?"

책임 변호사인 최 변호사가 나서서 입을 열었다.

"네, 옛날에는 현금을 써도 큰 문제가 없었는데, 요즘에는 전산으로 다 뜬다고 해서……."

"그렇습니다. 이제는 시스템이 네트워크로 모두 연결되어 있어 수상한 부동산이나 금융 거래는 자동으로 필터링되고 있습니다. 소득 신고 없이 부동산이나 금융 소득이 생기면 필터링 되어서 세무서에 리스트되고 있습니다."

송 노인이 말을 꺼내자 세무사가 네트워크와 필터링이라는 말로 요약을 해 줬다.

그리고 최 변호사가 논란이 되는 문제를 물었다.

"미리 듣기는 했는데, 부적값이라고요?"

"그렇습니다. 부적값을 치르려고 하는데 너무 큰돈이라 상담을 받는 겁니다. 그냥 현금으로 주려고 했는데 요즘에는 현금은 쓰기 힘들다고 해서 그럽니다."

그리고 세무서에서 증여 여부를 판단하는 데 인척 관계가 중요하니 확인 차 물었다.

"두 분이 친척 관계는 아니시죠?"

"생판 남입니다."

"요즘에는 무속 분야도 전문직이니 거리낄 게 있겠습니까? 시대가 달라졌으니 직업과 소득 발생 사유에 무속과 부적으로 적어 주시면 됩니다. 소득세는 누진이 붙어 좀 높겠지만, 신고를 해야 공식적으로 쓸 수 있습니다. 나중에 필터링되어 조사가 나오면 세금이 세 배까지 높게 매겨집니다. 그런데 말씀하시는 금액이 어느 정도인지?"

최 변호사는 무속도 전문직이라는 기름칠을 하며 정론을 말했다.

그런 후에 어느 정도인지 가격을 물었다.

소득세는 누진으로 붙어 확인 차 묻는 것이다. 소득세는 최하 8%에서 38%까지 있었다. 세금은 내겠지만, 세율이 높으면 절세 방법을 조언하려는 것이다.

물론 얕잡아 보는 것이기도 했다. 부적값 때문에 팀이 모여 상담을 하니 한심한 생각이 들기도 했다.

"1억입니다."

최 변호사의 질문에 정수가 대답을 했다.

물론 더 많았다. 계좌로 일억, 현금으로 10억을 받았다.

그런데 송 노인이 태클을 걸었다.

"그거야 도화살부 값이다. 호신부는 더 줘야 해. 제값 안 주면 부정 타."

"재료나 법기를 구해 주기도 하셨잖아요."

"이제 도화살부도 한 십억 받아. 내가 기력이 딸려 한동 안 만들지 못해서 수요가 많아. 수호부는 한 50억 줄게."

"1억도 많아서 이렇게 상담받는 것 아닙니까? 50억을 주시면 세무서에서 믿겠습니까?"

"이게 네 첫 거래잖아. 가치는 자기가 만드는 거다. 왕창 받아야 앞으로 기본으로 10억을 받을 수 있어. 이번 기회에 집도 부적값으로 명의를 넘겨줄까?"

"에이, 부담스럽게 왜 그러십니까?"

"첫 거래가 중요한 거야. 이 바닥도 소문이 잘 나야 해."

송 노인은 아까 했던 충고를 지키려는지 정수의 가치를 높게 매기려 했다.

제자인 정수에게 유산을 주려는 것이기도 했다.

자식들이 분가도 했고 재산도 떼어주었으니, 남은 것은 정수에게 물려주려는 것이다.

물론 둘의 대화를 듣는 사람들은 황당할 뿐이었다.

부적값이 너무 높은 것이다. 가끔 신문에 무속인이 소득이 살짝 공개되기도 하지만, 이건 단위가 달랐다.

"저어, 너무 높지 않습니까? 그런 것이 정가가 있는 건 아니지만, 그래도 평균 가격이라는 것이 있지 않습니까? 너무 높으면 세무서에서도 이상하게 여길 겁니다."

"그러니까 한 50억은 받아야지, 정수가 우리나라에서 최고야. 보통의 놈들이 구멍가게면 정수는 백화점이야."

"그래도 증명할 수 있는 것도 아니고, 정수 군은 너무 젊지 않습니까?"

"이 바닥 사람들에게 물어보면 다 압니다. 나도 옛날에 부적 써 주고 집 한 채 값은 받았습니다."

"그래도 상식이 있는데……."

"어허, 변호사님도 로펌에 있으니 일류 아닙니까? 초짜 변호사보다 한 백 배는 더 벌지 않습니까? 삼류하고 초일류의 차이가 백 배는 더 나죠. 정수의 부적은 그 돈 주고도 못 구하는 보물입니다."

"음, 검토가 좀 필요하겠습니다."

금액이 너무 커지자 최 변호사가 한발 물러섰다.

검토한다는 말은 자신할 수 없으니 알아서 하라는 의미였다.

송 노인도 행간을 읽고 발생할 문제를 물었다.

"만약 문제가 되면 어떤 문제가 생기겠습니까?"

"일단 두 분이 스승과 제자 관계 같은데, 증여로 보고 증여세를 매길 수가 있습니다. 소득세보다 증여세가 높으니 세무서에는 세금을 낮추려고 소득세로 신고했다고 생각할 겁니다. 저도 그 정도 금액은 들어 본 적이 없으니, 세무서에서는 증여로 판단할 확률이 높습니다."

"제자 정도는 아닌데…… 제자라고 하면 쫓아와서 나를 주리 틀 사람이 많습니다. 그러면 증여세는 얼마나 나오겠습니까?"

"30억 이상이면 50%, 10억에서 30억은 40%입니다."

"높군요. 정수야, 어떡할래? 세금을 내야 돈을 쓸 수 있으니 선택의 여지는 없겠다."

"어르신 자식분들도 있는데 증여로 받으면 뒤끝이 있지 않겠습니까? 그냥 부적값으로 적당히 받겠습니다."

"자식놈들에게는 이미 다 나눠 줬다. 옛날에 땅을 애들 명의로 사서 상속세를 줄였지."

"그래도 증여는 좀 그렇습니다. 정 그러시면 나머지는 현금으로 주십시오."

"뭐, 그러자. 소문은 50억으로 내줄게."

정수는 증여라는 말에 너무 긴밀히 얽힐 거 같아 거부를 했다. 송 노인의 도움을 많이 받기는 했지만 증여를 받을 정도의 관계는 아니라고 여기는 것이다.

정수가 증여를 거부하자 송 노인은 입맛을 다셨다. 정수와 조금 더 가까워져서 스승이라는 말이나 영약이라도 얻으려는 생각 같았다.

그래도 송 노인이 정수에게 스승 소리를 들을 수는 없었다. 사실 돈은 많지만 송 노인은 이쪽 계통에서 보면 낮은 경지였다.

천상검이 정수를 가르쳤는데 송 노인 정도가 감히 스승이라고 유세할 수는 없었다. 음부선사도 천상검의 눈치를 보고 주변만 맴돌고 있는 상황이었다.

"한 십억은 괜찮겠습니까? 나도 한 장에 일억씩 받았습니다."

"어르신께서는 소득 신고를 하셨습니까?"

"사모님들이 수표로 줘서 소득 신고 같은 것은 안 했는데……."

"그럼 곤란하겠습니다. 법적인 문제는 사실이 아니라, 증명할 수 있느냐의 문제입니다. 제가 세무서 자료에서 무속인 소득을 조사해서 적당한 금액을 알아보겠습니다."

"최고 수준으로 알아봐 주십시오. 정수가 이 바닥에서 최고입니다."

"네, 그렇군요. 그래도 정수 군이 너무 젊습니다. 세무서나 법원은 상식적으로 판단을 합니다."

정수가 최고라는 말을 팀원들도 믿지 않고 있었다.

스승이 제자 자랑하는 것으로 보는 것이다.

"안 되겠군. 정수야, 실력 좀 보여 봐라. 이분들이라도 설득해야 제대로 되겠다."

"에이, 쪽팔린데……."

"부적값 제대로 받으려면 실력을 보여야지. 너는 나와 달리 보여 줄 게 있잖아."

"네. 그래도 이분들은 아군이니 한 번 설득해 보겠습니다. 이분들도 안 믿으면 세무서는 더 안 믿겠죠. 그럼 실력 발휘를 할 테니 너무 놀라지 마십시오."

송 노인은 제자가 최고임을 보여 주지 못해 안달이었다. 뛰어난 제자는 스승의 자랑이었다.

그리고 이것이 첫 거래고, 소문이 잘 나야 했다. 앞으로 부적값은 지금 거론되는 가격으로 받을 것이기 때문이다.

정수도 망설이다가 아군은 설득시켜야 할 것 같아 움직였다. 정씨라면 결코 광대처럼 시범을 보이지 않겠지만, 정수는 크게 고민하지 않았다.

정수는 일단 경고의 말을 하고는 회의실 테이블을 손으로 가볍게 내려쳤다.

그러나 결과는 가볍지 않았다.

콰앙!

쩌저적!

정수가 테이블을 손으로 가볍게 내려치자 폭탄 터지는 소리가 났다.

그리고 테이블 위에 정수의 손자국이 깊이 새겨졌다.

발경이 완숙해졌다는 증거였다. 어떤 상황과 자세에서도 경을 외부로 발할 수 있다는 것을 보인 것이다.

이제 자세를 잡거나 발을 구르는 도움이 필요없었다. 내공이 넘치니 의지와 손끝만으로 가능한 것이다.

"내공이 대단하구나. 그런데 소리가 너무 크지 않았냐?"

"세게 치면 부서질 것 같아서…… 이렇게 손자국을 내는 것이 더 어렵습니다."

벌컥!

둘이 한가하게 얘기하고 있는데 문이 열리면 보안요원들이 들이닥쳤다. 비싼 곳인만큼 보안요원도 정예인 것 같았다.

"무슨 일입니까? 큰 소리가 났는데, 이곳입니까?"

"아아, 괜찮습니다. 회의 중이니 나가 주십시오."

"네에~ 밖에서 대기하겠습니다."

보안요원의 질문에 최 변호사가 얼른 정신을 차리고 수습을 했다.

정수가 문을 등지고 있어 보안요원은 테이블의 손자국을 보지 못했다.

그래도 사람들의 놀란 표정 때문인지 보안요원은 밖에서 대기한다는 말을 하며 의심의 눈초리를 지우지 않았다.

덜컥.

"그게 발경입니까? 발경이 뻥이 아니군요."

문이 닫히자 최 변호사가 발경에 대해 물었다.

흥분을 했는지 근엄한 변호사답지 않게 뻥이라는 단어까지 사용하고 있었다.

"아직 부끄러운 수준입니다."

"이제 믿겠지. 얘가 속세에 나온 사람 중에는 최고야. 그러니 최고에 걸맞는 값은 받아야 하네."

"고객을 믿지 못한 점 사과드립니다. 30억이든 50억이든 제가 책임지고 문제없도록 처리하겠습니다."

실력을 보이자 책임 변호사인 최 변호사가 사과를 하며 책임지고 처리하겠다고 나섰다.

"아까는 안 된다고 했는데……."

"그때는 증거가 없었습니다. 이제 제가 두 눈으로 똑똑히 봤으니 세무서를 설득하겠습니다. 제 이름값도 만만치 않으니, 인맥이라도 써서 문제없도록 하겠습니다."

"그럼 믿고 맡기겠습니다. 그리고 오늘 일은 비밀을 지켜 주십시오. 정수는 아직 수련할 것이 많이 남았습니다. 소문이 나면 성가신 일이 많지 않습니까?"

"변호사는 목에 칼이 들어와도 고객의 비밀을 지킵니다. 염려 마십시오."

실력을 보이자 문제가 술술 풀렸다.

정수는 바로 자문 계약을 하고, 소득 신고 양식에 서명과 날인을 해서 다시 방문하지 않아도 되도록 했다.

소득 신고는 30억으로 하기로 하고, 송 노인이 바로 송금해 주기로 했다.

현금으로 준 십억은 서로 언급을 안 했다. 송 노인은 정수가 금단이 있을까 미끼를 걸어 둔 것이고, 정수는 나중에라도 부적을 주면 된다고 생각하고 있었다.

최 변호사는 정수에게 꼭 연락을 부탁한다고 여러 번 말하고, 필요한 일이 있으면 전화하라고 친근하게 굴었다.

최고에게는 최고의 대접을 한다지만, 로펌의 책임 변호사답지 않게 너무 굽실거렸다.

그로 미루어 보아 최 변호사도 뭔가 노리는 것이 있는 것 같았다.

둘이 나가자 최 변호사가 보물의 선점에 나섰다.

"테이프와 종이를 가져와 저것 좀 덮어라. 그리고 사람 불러서 이 테이블을 내 집으로 옮겨라."

"저, 회사 비품인데 반출해도 될까요?"

"이게 얼마나 한다고, 총무과장에게는 내가 말해 둘게. 그리고 이게 모두 고객의 비밀을 지키기 위한 거다. 다들 오늘 있던 일은 입조심들 하게. 로펌이 고객 비밀을 누설한다는 소문이 나면 문을 닫아야 한다. 어차피 5명밖에 없으니 누설되면 철저히 조사해서 거덜을 내겠어."

"염려 마십시오."

"입조심하겠습니다."

최 변호사는 굳이 입조심을 시켰다.

로펌이 고객 비밀을 지키는 거야 당연한 것이지만, 이건 워낙 신기한 일이라 다시 입단속을 하는 것이다.

"그리고 자네는 조사팀에 의뢰해 정수 군에 대한 정보를 모아라. 세금 문제도 처리해야 하니 고객에 대해 철저히 알아야겠다."

"네."

"자네는 국세청 조사국장과 약속을 잡아 주게. 부적의 고객이 상류층이니 그쪽도 깊게 파고들지는 못하겠지만, 미리 연락은 해야겠어."

"네, 연락해서 약속을 잡도록 하겠습니다."

"다시 당부하지만, 부적값이 수십억이라는 소문이 나면 끝장이야. 정수 군도 위험하겠지만 고객이 모두 권력자 부인들이야. 서류 작성도 비서를 시키지 말고 세무서에 접수할 때도 담당 과장에게 직접 하게."

"네, 접촉하는 사람의 수를 줄이도록 하겠습니다."

책임 변호사는 주의 사항을 다시 확인하며 테이블로 눈을 돌렸다. 보통의 합판 테이블도 아닌 단단한 자미목 테이블이었다.

그런 테이블 한쪽에 장난처럼 손자국이 파여져 있었다.

'누가 보면 기계로 새긴 줄 알겠네. 흐흐, 이건 보물이야. 발경이 진짜 가능하다는 증거야. 정말 산속에는 아직 도인이 있었어. 부적도 진짜 효과가 있어 그렇게 비싼가? 소개해 준 원 여사에게 한 번 물어봐야겠네.'

최 변호사는 손자국을 쓰다듬으며 괴소를 흘렸다.

왠지 오덕후의 느낌이 나는 눈빛이었다.

정수가 최 변호사와 만난 것은 역사적 사건이었다.

정수가 최 변호사를 만남으로 해서 세계적으로 사고 칠 수 있게 된 것이다.

산을 내려온 정수의 거침없는 발걸음이 시작되고 있었다.

2
연애

春秋六十有二其年春秋六十有二其年

辟踊行路感以緘之辟踊行路感以緘之

辟此下方魃乾他方辟此下方魃乾他方辟

和瘖手遇西山
不瘖手遇西

水漬二年□廿一日□

路賢人同鬼神而□
西山之□

水漬二年□廿一日□

路賢人同鬼神而□
西山之□

정수와 송 노인은 변호사와 상담을 마치고 건물을 나섰다.

　그런데 송 노인은 왠지 분한 기분이 들었는지 입을 열었다.

　"저놈이 나를 무속인이라고 무시했나 보네. 처음에는 거만하게 안 된다고 하더니, 나중에 살랑거리는 꼴이……."

　"이해하십시오. 아직 무속인이라고 하면 그렇지 않습니까? 그런데 저 변호사가 높은 분만 상대한다고 하던데, 발경 정도에 너무 오버하는 것 아닙니까?"

　"요즘에는 그것도 보기 힘들어. 저놈도 네가 최고라고 생각하니 그렇게 살랑거린 거지. 그런데 정말 가볍게 한 거냐?"

"가볍게 써서 소리가 난 겁니다. 내공을 제대로 썼으면 소리없이 파쇄해 버렸을 겁니다."

"몸 쓰는 것은 별로 소질이 없다고 들었는데, 정말 대단하구나."

"세상 사는 데 별로 필요한 재주는 아닙니다. 정 사형도 이 정도는 쉽게 할 수 있는데, 한량처럼 살지 않습니까? 저는 제 고질을 고치려고 어쩔 수 없는 익힌 겁니다."

"정 도인이야 속세의 때를 안 묻히려고 하니 그렇지. 벌써 돈 벌 궁리를 하는 네가 특이한 거야."

"어른신이 돈이 최고라고 가르치지 않았습니까?"

"나야 도인도 아닌 곁가지 정도지만, 너는 정통 무맥을 이었잖아. 네게 걸린 짐이 많으니 너무 세상의 때를 타지 마라. 너는 도인이라는 자각을 하고 살아야 한다. 욕심에 눈이 멀면 수련은 못해."

"세상을 좀 둘러보니 돈이 최고인 것은 맞던데요. 그래도 어르신 덕분에 돈은 많이 벌었으니 당분간 조용히 살겠습니다."

"그래, 아직 어리니 더 수련을 해라. 내가 네게 나쁜 물 들였다는 소리 들을까 봐 걱정이다."

"다른 분들이 질투하는 겁니다. 어르신 아니면 제가 부적을 1억에 받고 팔 수 있었겠습니까? 제가 팔면 백만 원도 받기 어려울 겁니다."

"다른 놈들 것은 효과가 없으니 그렇지. 내가 없었어도 네 것은 곧 소문이 나서 비싸게 받는 것은 시간문제였을 거야."

"하여간 감사합니다."

"그럼 바로 내려갈 거냐?"

"집에 들러 보려고 합니다."

"그래라. 그럼 나중에 보자."

정수는 그렇게 송 노인과 헤어졌다.

물론 집으로 가기 전에 들러야 할 곳이 있었다.

정수는 정말 오랜만에 지하철을 타고 신촌으로 향했다.

어렸을 적 지하철을 탔던 기억에 표를 사고 타는 것이다.

물론 1억이 든 가방을 들고 지하철을 타는 것은 미친 짓이기는 했다.

그래도 정수가 소매치기에게 가방을 뺏길 실력도 아니고, 편하게 들고 다니는 가방에 현금이 있다는 것을 아는 사람도 없었다.

정수는 지하철을 갈아타는 곳에서 좀 헤매기는 했지만 무사히 신촌역에 도착을 했다.

그래도 신촌역은 굉장히 복잡한 곳이었다.

"나 신촌역에 도착했는데, 꽤 복잡하네."

―어, 벌써 왔어? 변호사 상담을 한다고 해서 늦을 줄

알았는데. 그럼 레이퐁 카페에 있어. 4번 출구로 나가 정면의 골목으로 가다 보면 보일 거야.

은정은 한참 만날 곳을 알려 주었다.

그러나 정수는 지상으로 올라갔지만 은정의 설명대로 움직이기가 쉽지 않았다. 눈을 어지럽히는 사람과 건물이 많아 쉽게 약속 장소를 찾기가 어려웠다.

정수는 한참을 헤매고 사람들에게 물어가며 거리를 방황했다.

"거기, 정수 아니니?"

"어, 민주?"

정수가 산에서 구해 주었던 민주였다. 민주도 약속 장소로 가는 중이었지만, 이렇게 만나는 것을 보면 인연이기는 한 것 같았다.

"그래, 오랜만이네. 그런데 약속 장소를 못 찾은 거야?"

"어, 좀 헷갈려서."

"그런데 양복을 입어서 못 알아볼 뻔했네. 완전히 분위기가 다른데?"

"그래? 백화점에서 옷 좀 샀어."

"정말 어른스럽게 보인다."

"어른스럽게 보이려 양복을 입었는데, 다행이네."

남자는 양복을 입으면 왠지 어른스럽게 보인다.

어두웠던 산에서도 편하게 말을 놓았던 민주도, 양복을

입은 정수가 어른스럽게 보이는지 쉽게 말을 놓지 못했다.

정수는 민주의 안내로 일행이 자주 모이는 아지트인 카페로 갈 수 있었다.

둘은 다른 일행이 올 때까지 수다를 떨었다.

"그런데 너, 은정이가 너보다 나이 두 살 많은 것 알지?"

"응."

"이게. 언니에게 응이 뭐야?"

"같이 나이 먹는 처지에 너무 그러지 마시죠."

"이게 능글맞기까지 하네."

"남자는 나이보다는 능력이 중요한 거잖아."

"호호, 이게 은정이 꼬시려고 준비 많이 했나 보네."

"내가 능력이 좀 되지."

"호호, 하여간 은정이가 첫사랑인 것 같은데, 너무 심하게 빠지지는 마. 사실 은정이도 너를 애인보다는 동생으로 생각하잖아. 너도 그 정도는 느끼고 있지? 내가 걱정되어 하는 말이야. 그래도 네가 내 생명의 은인 아니니?"

"이제 서울에 자주 올라올 테니 천천히 사랑을 키우면 돼."

"확실히 빠지기는 했구나. 하여간 걱정이 돼 하는 소리니 귀담아들어. 누구나 첫사랑은 겪는 거야. 잘 풀리지 않더라도 세상 끝났다는 생각은 말고."

민주는 정수에게 은정과 잘 안 되는 상황을 염려하며 걱정을 늘어났다.

그러나 정수는 걱정이 없었다.

이제 수련도 대충 마쳤으니 서울에 자주 올라올 수 있었다.

게다가 정수는 남자는 능력이라는 말을 철석같이 믿고 있었다.

무엇보다 대여금고에서 찾은 1억이 든 가방이 있었다. 하여 자신이 학벌이 딸리고 나이가 좀 어리지만 돈으로 커버할 수 있다는 자신감이 있었다.

세상에 떠도는 말이 거짓인지 사실인지 곧 알 수 있을 것이다.

"내가 능력이 있으니 괜찮아. 은정이도 내 능력에 반할 거야."

"호호, 완전 무대뽀네. 하여간 은정이가 죄인이네."

"너도 내가 구해 주고 능력도 있다고 해서 반하면 안 돼. 여자들이 가장 싫어하는 게 양다리잖아."

"어머, 왕자병까지? 은정이는 순진한 애에게 무슨 물을 들인 거야? 그런데 수련하느라 지난번에 못 올라왔다고 하던데, 정말이야? 몇 개월이나 산에서 수련한 거야?"

"수련했으니 이렇게 몸이 완전히 나았지. 내가 괜히 산에서 살았겠어?"

"그렇기는 하지. 그런데 무슨 수련을 한 거야? 요즘 세상에 산에서 수련했다니, 신기하네."

"알면 다쳐."

"호호, 하여간 천연기념물이야."

둘이 대화를 이어 가는데 은정이 친구들을 대동하고 나타났다.

막상 은정이 나타나자 정수는 민주와 편하게 말을 나누던 모습은 없어지고 바로 굳어 버렸다.

"어머, 정수?"

양복 입은 정수의 모습에 은정도 살짝 놀랐다.

예전에 본 산사람 같은 모습과는 너무 달라서 놀란 것이다.

"으응, 오랜만이네. 보고 싶었어."

정수도 용기를 쥐어짜 보고 싶었다는 말을 했다.

"어머, 웬일이니, 웬일이니. 완전히 사람이 바뀌었어."

"그렇지? 나도 길에서 보고 한동안 못 알아봤어. 그래도 길을 못 찾고 두리번거리는 촌스런 느낌에 다시 얼굴을 보고 정수인지 알아다니까."

"완전 킹카야. 저 정도면 데리고 다녀도 창피하지는 않겠다."

"그렇지? 얘, 쟤 나 줘라. 너는 누나하고 내가 애인할게."

"난 마님할 거야. 저 정도 돌쇠면 키울 만하겠다."

여자들의 입방아가 쉴새 없이 둘을 내려쳤다.

친구들이 옆에서 추임새를 넣자 은정도 입을 열었다.

친구들이 부럽다는 말을 하자 조금 자존심이 올라가는 것 같았다. 양복을 입은 정수는 확실히 데리고 다녀도 부끄럽지는 않는 수준이었다.

"양복이 어울리네."

"그래? 잘 보이려고 샀어. 나이도 좀 들어 보이지?"

"으응."

"내가 좀 능력이 있잖아. 이번에 올라와서 싹 샀어."

은정이 양복이 어울린다는 말을 하자 정수가 입이 트였다. 변호사를 만나야 해서 산 양복이지만 은정에게 어필하려 입은 것이기도 했다.

"그런데 변호사에게 상담받았다는데, 무슨 말이야?"

"어, 소득세 신고하려고. 돈을 좀 많이 벌었는데 세금 문제가 복잡하더라고."

은정이 마침 변호사 얘기를 꺼내자 정수는 또다시 용기를 얻었다. 자신의 능력을 입증할 좋은 기회인 것이다.

물론 소득세나 변호사 상담이라는 말에 주변 방송은 더 시끄러워졌다.

"호호, 소득세? 변호사 상담?"

"얘가 정말 유머 감각이 독특해."

"그렇지? 얘기 하다 보면 아주 깬다니까? 너희들 오기 전에 얘기하는데, 완전 왕자병이야. 이건 은정이가 나쁜 물을 들인 거야."

"어떻게 다뤘기에 순진한 애를 왕자병 걸리게 한 거야?"

"전화하며 마구 띄워 준 것 아닐까?"

"그렇겠지. 하여간 이건 은정이 잘못이야. 천연기념물을 어떻게 저렇게 망치냐?"

왕자병이라는 말에 은정도 조금 얼굴이 붉어졌다.

그래도 정수가 거짓말할 성격이 아니라는 것은 알고 있어 질문을 계속했다.

"소득세? 네가 무슨 돈을 벌었다고 소득세를 내?"

"내가 좀 능력이 있잖아. 이번에 좀 성과가 있어 돈 좀 벌었어."

"얼마나 벌었는데?"

"30억밖에 못 벌었어. 좀 적지? 할머니와 약속한 것이 있어서 일 년에 그 정도밖에 못 벌어. 결혼하려면 집도 사야 하니 할머니에게 얘기해서 좀 더 벌 수 있게 타협을 볼게."

"호호호, 애 완전 깬다."

"천연기념물이 아니라 완전 화성인인데?"

"정말 오랜만에 웃는다."

"호호, 30억이래. 그래도 은정이와 사귀려면 그 정도

패기는 있어야지."

30억이라는 말에 친구들은 자지러졌다.

이쯤 되자 은정도 얼굴이 달아올랐다.

달아오르는 은정의 얼굴에 정수도 주변에 시선이 갔다.

아직 얼어 있어 친구들이 넣는 추임새를 제대로 듣지 못했다.

그러나 은정의 얼굴이 달아오르고 친구들도 놀리고 있자, 정수도 이제야 자신의 말과 금전 감각이 이상하다는 사실을 알 수 있었다.

그래도 상황을 반전시킬 카드는 있었다.

"이거, 일억. 전에 준다고 했지? 내가 서울에 못 있어 미안해. 옆구리가 허전하면 이거로 명품 가방 같은 거라도 사."

"……."

"……."

"……."

정수가 일억이라는 말과 함께 가방을 내밀자 웃던 여자들이 조용해졌다.

왠지 장난 같지 않다는 것을 느낀 것이다.

옆에 있던 민주가 조심스럽게 가방의 지퍼를 열었다.

"어머!"

현금 다발에 민주가 자지러지며 놀랐다.

"어머!"

"어머! 이거 정말 돈이야?"

"어머! 이게 뭐니?"

"이게 웬일이니?"

씨익.

여자들이 놀라는 모습에 정수가 웃음을 지었다.

역시 남자는 능력이라는 말이 증명된 것이다.

"전부 5만 원권이네?"

"이게 도대체 어떻게 된 거야?"

"재벌 아들이었나?"

"정말 허풍이 아니었나?"

여자들이 목소리가 저절로 잦아들었다.

찌익.

현금을 본 은정이 지퍼를 강하게 닫고 가방을 챙겼다.

주변의 시선을 우려한 것이겠지만, 일행을 주시하는 사람들은 없었다. 여기 1억 있다고 소리쳐도 믿을 사람은 없었다.

은정은 떨리는 목소리로 물었다.

"이거 어떻게 번 거야? 설마 훔친 것은 아니지?"

"내가 능력있다고 했잖아. 돈은 부적 좀 만들어 판 거야. 그리고 무속인이라 해서 이상한 시선으로 보지 말고. 이제 무속인도 고소득 자영업자야. 내가 매년 30억은 쉽게 벌

수 있어. 어때, 내 능력이?"

"부적?"

"응. 내가 산에 살며 먹고살 궁리를 했지. 그중에서 부적이 괜찮겠더라. 몇 년 전부터 아는 분에게 배워서 이제 성과가 있는 거야. 그분도 부적으로 돈을 벌어 완전 재벌이야. 이번에 집을 구경했는데, 완전 드라마에 나오는 집 같더라."

"그래? 하긴 요즘 직업을 따질 필요는 없지."

"그렇지? 그럼 쇼핑이라도 하러 갈래? 내가 은정이를 만나러 오지 못해 미안한 것이 많아. 남자들이 쇼핑 따라가는 것이 힘들다고 하는데, 오늘은 내가 봉사할게."

"으응, 그럴까? 그런데 돈이 너무 많은데…… 이거, 어디 입금해야 하는 것 아니야?"

"은정이 계좌에 넣든지. 그런데 한 번에 돈을 넣으면 세무서에게 귀찮게 할 수도 있는데, 변호사 상담에서 들었는데 증여세가 세더라. 얼마 되지도 않는데 가지고 다니며 그냥 써."

"으응."

둘이 안드로메다를 오가는 대화를 하고 있는 동안 친구들은 여전히 현금 다발이 준 충격에 굳어 있었다.

"그럼 쇼핑하러 가자. 여자들은 샤넬 백을 좋아한다고 하던데, 그거 사러 가자."

"으응."

은정도 현금 다발을 본 후에는 순한 양이 되었다. 정수는 은정을 이끌고 쇼핑을 하러 갔다.

친구들은 여전히 굳어 있었다.

밖으로 나오자 은정도 조금 정신을 차렸다.

돈이 든 가방 때문이었다.

정수가 성의없게 가방을 들고 다니자 은정은 두 손으로 가방을 끌어안은 채 백화점으로 들어갔다.

쇼핑보다는 이 큰돈을 가지고 길거리를 걸어 다닐 수 없기 때문이다.

"정수야, 내게 주기에 돈이 좀 많지 않아?"

"그게 얼마나 한다고. 평소 봐 둔 옷 같은 것 없어? 여자들은 아이 쇼핑하며 찍어 둔 옷 같은 게 있다고 하던데."

"있기는 한데……."

"그럼 어서 사자."

"그래……."

너무 많은 금액에 은정도 섣불리 돈을 받을 수가 없었다. 어린애를 꼬여 1억을 받았다가는 무슨 일을 당할지 모른다는 걱정도 있었다.

그래도 정수가 평소 봐 둔 옷을 묻고 어서 사자고 하자 발이 저절로 움직였다.

'뭐, 옷쯤이야. 그 정도는 선물이지. 그런데 정말 부적을 팔아서 번 돈인가? 부적값이 그렇게 비싼가? 혹시 부모님 돈을 몰래 가져온 것 아닌가?'

은정은 걱정을 하면서도 발은 저절로 움직였다.

학교 앞에 있는 백화점은 은정과 친구들의 놀이터였다. 자주 아이 쇼핑도 하던 곳이라 지리도 훤하고 욕심냈던 옷과 신발, 액세서리가 많았다.

은정은 선물이니까 하는 생각으로 백화점을 순회했다. 정수는 돌쇠처럼 가방에서 돈을 꺼내 지불을 하고 쇼핑백을 들었다.

차츰 정수가 들어야 하는 쇼핑백이 많아졌다.

정수는 힘들고 지겨웠지만, 인터넷에서 본 대로 이 정도는 견뎌야 한다는 생각에 묵묵히 지갑과 짐꾼 역할을 했다.

어느새 정수가 들고 있는 쇼팽백이 열 개가 넘어가고 있을 때,

띠리리링, 띠리리링.

은정의 휴대폰이 마구 울렸다.

드디어 친구들이 정신을 차린 것이다.

은정은 쇼핑의 유혹이 크지만 그래도 전화를 안 받을 수는 없었다. 지금 받지 않으면 친구 사이가 어떻게 될지 알 수 없게 되기 때문이다.

"으응, 여기 백화점. 돈을 받기는 좀 그렇지. 그래도 선

물은 괜찮겠다 싶어서…….”

친구들의 통화 러시에 마구잡이 쇼핑도 멈추게 되었다.

통화가 길어지는데, 멀리서 친구들 목소리가 들렸다. 전화를 하며 달려온 것이다.

“어머, 이 기집애. 이 돈을 쓰면 어떻게? 정수가 집에서 몰래 가져온 돈이면 어떡해?”

“이건 샤넬이고, 저건 루이뷔통. 완전 질렀구나.”

“어서 환불해!”

친구들은 정수가 부적으로 돈을 벌었다는 말을 믿지 않기로 결론을 내린 것 같았다.

사실 상식적으로 믿지 않는 것이 당연했다.

은정도 믿기지가 않아 돈을 받지 않으려 했고, 선물이니까 하는 생각으로 돈을 쓴 것이다.

물론 이런 모습은 한창 은정에게 능력을 과시하던 정수의 심기를 건드렸다.

“이게 얼마나 한다고 그래. 은정에게는 십억도 아깝지 않은데…….”

“정말 네가 부적 팔아서 번 돈이야?”

“내가 능력이 좀 있죠.”

아까는 모두 허풍으로 생각했지만 이제 다들 심각하게 듣고 있었다.

“이 돈 말고 다른 돈도 있어?”

"부적값이라 대부분 현금으로 받았어. 그래서 변호사 상담을 받은 거야."

"계좌에 돈은 없어?"

"어르신이 부적값을 넣었나? 아까 상담했는데 벌써 넣지는 않았겠지. 계좌로는 일억밖에 안 받았어. 좀 썼으니 지금은 계좌에 9천밖에 없을걸? 현금으로 받으니 돈 쓰는 것이 어려워서 상담도 받은 거야. 그런데 이거 얼마나 한다고 이 난리야? 너희도 데이트 방해는 그만하고 이 돈 가지고 가서 쇼핑이나 해."

친구들이 자꾸 돈 문제로 신경을 거스르자 정수는 돈뭉치를 주며 보내려 했다.

돈뭉치에 친구들은 주변을 두리번거리며 움찔했다. 여기가 명품샵이 있는 백화점이 아니었으면 난리가 났을 것이다.

은정은 서둘러 돈 가방을 정수에게 빼앗아 지퍼를 닫았다.

그리고 민주도 뭔가 의무감을 느끼는지 굳이 정수의 계좌를 확인하려 했다.

"한 달 전에 일억이 계좌로 입금됐다고? 그거만 확인하며 우리는 갈게. 계좌 좀 확인하자. 네가 잘 모르는 것 같은데, 어린애가 일억을 팍팍 쓰는 게 정상이 아니야. 게다가 좀 아는 여자에게 일억을 주는 것은 미친 짓이고."

"아는 여자라니? 은정이는 내 애인이야. 애인에게 일억 좀 주는 게 무슨 큰일이라고. 은정아, 필요하면 십억도 줄게."

"얘가 정말 돈 무서운 줄 모르네. 어디, 계좌 좀 확인하자."

"알았어. 세무서도 그러더니…… 돈 쓰기 참 복잡하네."

은정도 계좌를 확인해야 편히 돈을 받을 수 있을 것 같아서 정수는 근처 ATM을 찾았다.

마침 은행도 같아 계좌이체 내역까지 확인할 수 있었다.

29억 9천.

거래 내역을 확인할 필요도 없었다. 계좌의 엄청난 잔금 내역에 여자들은 그대로 굳어 버렸다.

"어라, 어르신이 바로 돈을 보냈네? 정말 재벌이네. 나도 어르신처럼 돈을 많이 벌어야지."

상담을 마치고 나서 송 노인이 바로 29억을 보낸 것 같았다. 얼마 전에 현금으로 십억을 마련하고, 오늘 바로 29억을 보낸 것을 보면, 여느 재벌 부럽지 않는 현금 동원력이었다.

"잘 확인했지? 이제 어두워지는데 저녁 먹으러 갈래?"

"아니, 좀 그런데……."

"그래? 그럼 짐도 많은데 집까지 바래다 줄게. 내일은 일찍 만나서 영화도 보고 밥도 먹고 쇼핑도 하자."

"으응."

30억을 확인한 은정은 더욱 순종적이 되었다.

그래도 속이 울렁거리는지 밥 먹을 정신은 없어 보였다.

정수는 아쉬웠지만 집에까지 바래다 주기로 했다.

정수의 양손에 쇼핑백이 가득했으니 집까지 따라가기는 해야 했다.

친구들은 ATM 앞에서 완전히 굳어 버려 입을 열지 못하고 있었다. 정수는 은정을 이끌고 택시를 잡기 위해 도로로 향했다.

은정의 집은 목동 방면이었다.

정수는 택시를 잡아 트렁크에 쇼핑백을 가득 넣고, 뒷자리에서 은정과 붙어서 앉았다.

택시 뒷자리지만 곁에 앉으니 정수의 심박수는 급격히 올랐다. 옆에 앉아만 있어도 좋은 것이다.

스르륵.

쇼핑 때문인지, 잔고 때문인지, 정수의 순정 때문인지, 은정이 정수의 손을 잡았다.

흐으응~

정수의 콧김이 저절로 강해졌다.

손만 잡았을 뿐인데 하늘을 오르는 것 같았다.

그리고 정수의 몸은 이미 한서불침의 수준인데, 이상하게 손에 땀이 맺혔다. 손에서 땀이 줄줄 흘렀지만 정수는 손을 놓을 수가 없었다.

정수의 난처한 상황을 아는지 은정이 이번에는 팔짱을 끼며 기대 왔다.

후우욱~

정수의 숨은 더욱 거칠어졌다.

말이 필요없는 상황이었다.

정수는 어떻게 시간이 흘렀는지 몰랐지만, 목적지인 아파트 단지에 도착했다.

택시가 멈추자 정수가 정신을 차렸다.

"여기야?"

"으응."

"짐 들어 줘야겠지?"

"으응."

짐이 워낙 많아서 집 앞까지 데려다 줘야 했다.

은정의 집 앞까지 가야 한다는 생각에 정수는 더욱 떨렸다.

애인 집 앞에 오면 누구나 느끼는 감정이었다.

왠지 장인어른이 두려워지는 순간이었다.

정수는 짐을 든 채 엘리베이터를 타고 8층으로 올라갔다.

다행히 은정의 부모님과 동생들은 집에 없었다. 동생들

은 학교와 학원에, 부모님들은 직장에 있을 시간이었다.

이게 요즘의 세태였다.

은정의 부모까지 만났다면 정수는 떨리는 마음에 주화입마에 들었을 것이다.

가족이 없지만 정수는 은정의 집에 들어갈 담량은 아직 없었다. 정수는 얼른 짐을 문 안에 넣고 떠나려 했다.

"이 가방은 가져가."

"그건 준다고 했잖아."

"그래도 너무 부담스러워. 민주 말처럼 1억은 너무 큰돈이야."

"준다고 했으니 주는 거지. 그리고 내가 아직 서울에 머물 형편이 아니잖아. 여자들은 자주 옆구리가 허전한 것을 느낀다는데, 그때 쇼핑하고 바람피우지 마."

"얘가 어디서 이상한 말만 들었어."

"그럼 갈게."

"이거 가져가!"

"내일 보자."

정수는 돈 무서운 줄 몰라 은정에게 주는 1억이 전혀 아깝지가 않았다.

이미 택시에서 손잡고 팔짱을 낀 것만으로도 정수는 하늘을 나는 듯한 기분이었다. 괜히 돈 때문에 기분을 잡칠 생각은 없었다.

정수는 바람처럼 달려 아파트를 뛰어 내려갔다. 하늘을 나는 것 같아 엘리베이터를 탈 생각이 없었다.

　'흐흐, 그게 팔짱 낀 느낌이구나. 손은 또 얼마나 부드러운지. 역시 할머니 말대로 색시도 얻고 세상도 마음껏 활보하며 사는 것이 최고야.'

　정수는 은정의 손과 팔짱의 느낌을 떠올리며 정말 계단은 밟지 않은 채 허공을 날아 1층까지 내려갔다.

　정수는 한껏 들뜬 기분에 통통 달리며 아파트 단지를 배회했다.

　그리고 차츰 안정을 찾고 택시를 잡았다.

　이제 집으로 가려는 것이다.

　정말 오랜만에 들르는 집이었다.

　정수는 택시를 타고 집이 있는 왕십리까지 갔다.

　저녁이라 길이 막혔지만, 기분도 좋고 서울 구경도 해서 전혀 지루한 줄을 몰랐다.

　택시에서 내리니 기억에 남아 있는 집이 보였다.

　그런데 집도 세월을 타는지 낡아 보였다.

　세월의 흔적이 보이자 정수는 평상심을 찾을 수 있었다. 추억 속의 집을 보자 이상한 감정이 든 것이다.

　벨을 누르자 어머니가 나오셨다. 어제 전화했으니 기다리고 계신 것이다.

"우리 아들, 양복이 잘 어울리네. 정말 다 컸어."

"일이 있어서 입었습니다."

"그래? 무슨 일로 올라왔는데?"

"세금 문제를 상의하러 로펌에 갔습니다. 집을 사려는데 현금은 위험하다기에 소득 신고해서 처리하려고요."

"로펌?"

"부적값이라 세무서에서 어떻게 판단할지 몰라서요. 로펌에서 알아서 해 준다고 했어요."

"그래? 세금은 잘 처리해야지. 그런데 집을 산다고?"

"산 아래에 하나 사 두려고요. 암자에는 TV도 없어서 불편하더라고요."

"가급적 도시에 사 두지. 거기서 오래 지낼 거니?"

"아직 배워야 할 것이 많아서요. 거기는 나중에 별장처럼 써도 된대요. 나중에 서울에도 집은 하나 사 둘게요."

"그래, 결혼하려면 집은 있어야지."

결혼이라는 말에 정수는 말을 돌렸다. 이상하게 은정에 대한 말을 꺼내기가 어려웠다.

"저 배고픈데……."

"금방 차려 줄게. 아버지도 곧 퇴근하실 거다."

"네."

어머니가 식사 준비를 위해 부엌으로 가자 정수는 겨우 어머니의 조사를 피할 수 있었다.

여유가 생긴 정수는 과거의 기억을 더듬어 집을 돌아봤다. 자신의 방도 그대로 남아 있었다. 7살 나이에 고정된 방 안 모습이었다.

'이렇게 작았나?'

옛날 방을 보자 이상하게 작아 보였다. 암자보다도 큰 방인데 왠지 모르게 작게만 느껴지는 방이었다.

"아버지 오셨습니까?"

"그래, 잘 왔냐? 멀미는 안 났고?"

"KTX 타고 와서 빨리 왔습니다. 버스 타고 기차역 가는 시간이 더 걸렸습니다."

"그렇지. 그래서 요즘 멀리서 출퇴근 하는 사람도 많아졌다. 그런데 세금 때문에 로펌에 갔다고?"

어머니가 수다를 떨었는지 아버지가 바로 질문을 했다.

"막상 현금을 쓰려니 걸리는 것이 많아서요. 여기로 가서 일을 맡겼습니다."

"오, 제일로펌이구나!"

"변호사가 알아서 한다고 장담했습니다."

"변호사는 장담 같은 것은 안 하는데? 변호사가 법원이나 정부기관은 아니다. 법이라는 것이 이럴 수도 있고 저럴 수도 있는 거야."

"세금 안 내겠다는 것도 아닌데 알아서 하겠죠."

"제일로펌이라니 믿고 맡길 수는 있겠다."

걱정하던 아버지는 로펌이라는 말에 그냥 넘어갔다. 돈은 들겠지만 일처리에 로펌보다 나은 곳도 없었다.

정수는 아버지에게 이런저런 조사를 당하며 저녁을 기다렸다.

그러는 동안 동생인 명수가 왔다.

원래 학원에 있어야 하지만 특별한 날이라 거른 것이다.

"명수야, 여기 형인 정수다. 얼굴은 알지?"

"네에. 형, 왔어요."

"그래, 잘 있었냐? 이제 중학생이 됐다고?"

"네."

"그래, 공부 열심히 하고, 성장기니 운동도 좀 하고."

"네."

동생과는 일반적인 덕담 외에 별다른 말을 나눌 수 없었다. 몇 번 보지도 못했으니 남보다 낯선 사이였다.

'역시 뼈대가 약하네. 우리 집안이 무골은 아니야.'

동생도 굵은 뼈대는 아니었다.

그래도 형이라는 생각에 정수는 약을 줘야겠다는 생각이 들었다.

"내가 한 반년 후에 좋은 약을 줄게. 그거 먹으면 몸이 좋아질 거다."

"정말이요?"

"그래. 내가 속리산에서 십 년 넘게 도를 닦은 도사 아니냐? 그래도 약 기운을 받으려면 어느 정도 운동은 해야 한다. 내가 밥 먹고 나서 가르쳐 줄게. 힘들어도 한 반년만 열심히 하고 있어라."

"네, 형."

"요즘 학교 폭력도 많고, 주먹이 세야 최고라며? 반년 후에는 짱으로 만들어 줄게."

"정말이죠, 형?"

"그 정도야 쉽지. 반년만 내가 시킨 운동을 하면 짱으로 만들어 줄게."

"열심히 할게요. 꼭 가르쳐 주세요."

정수는 동생을 학교 짱으로 만들어 줄 것을 장담했다. 영약을 조금 먹이면 가능한 일이었다.

그래도 기운을 받아들일 그릇은 만들어야 하니 식사 후에 마보를 가르쳤다.

"으. 형, 무지 힘들어요."

"자식, 난 십 년 넘게 그것만 했어. 힘들어도 반년만 아침저녁으로 해 봐라."

"정말 짱으로 만들어 줄 거죠?"

"형이 동생에게 처음 한 약속인데 못 지키겠냐? 힘세졌다고 애들 때리고 다니지나 마라."

"네. 열심히 할게요."

정수는 마보를 가르치며 동생과의 거리를 좀 좁히고 부

모님께 갔다.

"이게 몸에 좋은 약입니다. 이렇게 가부좌를 트십시오. 먹으면 불처럼 뜨거운 것이 일어나는데, 입을 다물고 받아들여야 효과가 좋습니다."

"알았다. 정말 좋은 거냐?"

"돈 주고도 못 사는 겁니다. 꼭 뜨거운 것을 참고 몸에 흡수하려고 해 보세요."

정수는 호리병을 부모님께 드리며 다시금 주의점을 알려 줬다.

꿀꺽.

"으으으."

"어어어."

두 분은 일반인이라서 그런지 신음부터 흘렸다. 몸을 부들부들 떨며 자세와 호흡이 흩어졌다. 안색도 울긋불긋했다.

기운이 새어 나가지 않고 완전히 흡수한 정수가 예외적인 것이다. 할머니도 거의 보살 수준이라 잘 흡수한 것이다.

모락모락.

고통과 함께 배척하는 마음이 일자 눈에 보일 정도로 아지랑이가 호흡과 피부를 통해 새어 나왔다.

원래 일반인이 영약을 먹으면 제대로 흡수할 수가 없었다.

그래도 액체라 2, 3할 정도의 약효를 볼 수 있었다.

그것만 해도 두 분은 나빴던 간과 신장을 정상의 범위로 고칠 수 있었다.

그래도 정수가 기대했던 정도는 아니었다.

뜨거웠던 기운이 사라지자 아버지가 입을 열었다.

"정말 불덩이 같았다. 뜨거운 게 여기 옆구리, 그러니까 간을 덮치는데, 죽는 줄 알았다."

"그게 바로 약이 아픈 곳을 고치는 겁니다."

"이거 지나니 싸한 느낌이 든다."

"많이 나아지셨을 겁니다. 만들기가 어렵긴 하지만 병원에 갈 정도로 큰 병이 있으면 꼭 전화해 주세요."

"괜찮다. 술을 많이 마셔서 그렇지, 간만 좋아졌으면 80살까지도 문제없을 거다."

"그럼 이만 쉬십시오. 저도 오랜만에 차를 탔더니 피곤합니다."

정수는 아쉬운 마음이 들었지만 별말을 하지는 않았다. 되는 사람이 있고 안 되는 사람이 있다는 정도는 뼈저리게 알고 있었다.

밤이 되자 정수는 자신의 예전 방의 작은 침대에서 잠을 잤다.

'여긴 내 집이 아닌 것 같은데…… 그래도 이런 게 추억인가?'

어려서부터 커 온 방에 있지만 정수는 어색함만 느끼고 있었다.

여기서 살다 보면 다시 정이 들겠지만, 자신의 자리가 아니라는 생각은 강하게 들고 있었다.

정수는 과거의 추억을 회상하며 어색한 밤을 보냈다.

한편, 마음의 안정을 찾은 정수와 달리, 은정의 전화는 불이 나고 있었다.

―이 계집애야, 어떡할 거야? 순진한 애 등골 빼먹을 건 아니지?

"무슨 그런 소리를 하니?"

―애가 순진해서 완전히 눈이 뒤집혔잖아. 아까 정수가 한 말처럼 네가 십억이 필요하다면 바로 건네줄 분위기잖아. 현금 가방은 돌려줬어?

"정수가 억지로 놓고 갔어. 내일 줘야지."

―그걸 받으면 어떡해? 정수 부모님이 알면 어떻게 되겠어?

"정수도 성인이잖아. 그리고 그 돈은 받지 않을 거야."

―돈은 안 받아도 쇼핑으로 다 쓸 거잖아. 오늘 네가 쇼핑한 게 모두 얼마냐? 한 3천은 썼겠다.

"정수가 막 사 주려는데 어떡해. 전에 정수가 수련 때문에 못 온다고 굉장히 미안해했잖아. 그러면서 서울에 와서

1억 줘서, 마음껏 쇼핑하게 해 준다고 장담했잖아. 그때 너도 듣고 웃었잖아."

—그거야 농담인 줄 알았지. 그리고 한두 개 정도 샀어야지. 그렇게 돈을 쓰면 어떡해.

"내가 받지 않으면 정수가 얼마나 불안하겠어. 그리고 일 년에 30억을 버는데 1억은 별것 아니잖아. 애가 불안해서 마구 사 주는데, 그것도 적당히 쇼핑한 거야.

—아이고, 배 아파. 아이고, 아까워.

한참을 쏘아붙이던 민주는 배가 아프다며 난리를 쳤다. 정수의 재력을 생각하니 배가 아프지 않을 수가 없었다.

그리고 원래 정수와 처음 만난 것은 민주였다. 민주가 산에서 길을 잃었다가 정수를 만난 것이다.

은정은 나중에 눈이 맞은 사이였다.

민주가 정수와 잘될 수도 있었다.

그리고 은정이 뛰어나게 예쁜 것도 아니었다.

단지 그때 긴 생머리에 화장을 안 했을 뿐이다. 그 모습과 냄새가 정수에게 통한 것이다.

더구나 당시 정수가 은정에게 반한 것 같자 민주가 전화번호까지 알려 주었다. 은혜를 갚은 셈이지만, 제 발등을 찍은 것이기도 했다.

여러모로 배가 아프지 않을 수가 없었다. 민주도 정수와 잘될 기회가 많았으니 더욱 안타까워했다.

"호호, 배가 좀 아프지?"

―하여간 어린 정수가 그렇게 돈 쓰는 것을 부모님이 알면 사단이 날 수도 있어. 조심해. 내일은 나도 따라다니며 감독할 거야. 이건 목숨을 구해 준 은혜를 갚으려는 거야.

"정수가 전에 부모님께도 1억 줬다고 했어. 그때는 농담인 줄 알았는데, 지금 보니 사실인 것 같아. 정수가 벌어서 정수가 쓰는데 부모님이 뭐라고 할 것 같지는 않아."

―으으으, 배야. 하여간 내일은 나도 따라 다닌다.

"둘만의 데이트인데, 정수가 싫어할 텐데……."

―데이트는 무슨. 너, 정수를 애인으로 생각하지도 않았잖아.

"벌써 전화 통화한 지가 6개월이 되어 가는데 무슨 소리야? 그 정도면 애인은 아니라도 남자 친구 정도는 되잖아."

―무슨! 전화한 지 4개월밖에 안 됐잖아. 그리고 너도 전화 별로 기다리지도 않았잖아. 그리고 나도 가끔 통화했는데…… 하여간 내일 보자.

"정수에게 물어보고."

으득.

민주를 시작으로 친구들이 은정에게 협공을 가해 왔다.

민주처럼 정수나 은정을 걱정하는 척했지만, 배가 아픈지 못 먹는 감 찔러 보는 수준이었다.

이미 정수가 사랑에 눈이 뒤집힌 상태라 주변에서 말린

다고 될 일은 없었다.

은정이 요부라면 정수의 등골도 손쉽게 빼먹을 수 있는 상태였다.

이런 때의 남자는 눈에 보이는 것이 없는 시기였다.

"엄마, 서울 구경 좀 하고 올게요."

"그래? 그런데 언제쯤 내려갈 건데? 아주 올라온 건 아니고?"

"집을 사야 해서 금요일까지는 내려가야 해요. 아직 배워야 할 것이 많지만 자주 올라올게요."

"그래라."

정수는 아침을 먹고 바로 나가려 했다.

오늘은 은정과 제대로 데이트를 하는 날이었다.

정수는 영화를 시작으로 데이트의 정식 코스를 밟아 볼 생각이었다.

정수는 바로 은정의 집까지 찾아가고 싶었지만 너무 들이대지 말라는 교훈을 떠올려 어제의 카페에서 기다릴 생각이었다.

그러나 아침부터 은정에게 전화가 와서 집까지 오면 좋겠다는 말을 들었다. 돈 가방 때문에 걱정하는 것이다.

정수는 택시를 돌려 바로 은정의 집으로 향했다.

"호호, 왔어? 아침부터 미안해. 이 가방이 걱정돼서."

"부담되면 집에 두고 와. 내 카드가 있잖아."

"그래도 돌려줘야 할 것 같아서."

"오늘은 데이트인데 그걸 가지고 다니기도 불편하잖아. 집에 두고 가자."

"그럴까?"

"그래. 귀찮게 그걸 들고 다닐 필요는 없잖아."

"으응."

정수는 은정이 불편한 것 같아 가방을 두고 가자고 설득했다. 신성한 데이트에 귀찮은 가방은 필요없었다.

이제 순종적이 된 은정도 순순히 정수의 설득에 넘어갔다. 가방을 자신의 방에 두고 싶은 마음도 있으니 쉽게 넘어간 것이다.

은정이 잠시 집에 들어갔다 나오고 나서 둘은 택시를 타고 신촌으로 향했다.

정수는 또다시 구름 위를 달리는 택시를 탄 기분이었다. 정수는 그저 은정 옆에만 있어도 좋은 상태였다.

게다가 어제 손을 잡고 팔짱도 껴서인지, 오늘은 자연스럽게 손을 잡을 수 있었다.

둘은 손을 잡고 거리를 걸으며 카페에 들어갔다.

카페에서 무슨 얘기를 나눈 것인지는 전혀 기억에 없었다.

혹하산하다

정수는 그저 실실 웃기만 했다.

그래도 방해는 있었다.

민주가 등장한 것이다.

은정도 친구들 사이에서 매장당하는 것을 두려워했는지 민주의 방해를 받아들였다.

다른 친구들도 도착해서 둘의 닭살 행각을 지켜봤다.

정수는 은정의 친구들까지 거느리며 영화관과 레스토랑을 돌았다.

정수는 손만 잡아도 구름을 나는 것 같아 친구들이 눈에 들어오지가 않았다.

그저 계획했던 데이트 코스대로 움직일 뿐이었다.

여자들도 연애 경험이 있어서 정수의 상황을 잘 알고 있었다. 완전 콩깍지기 씌워진 상태였다. 그냥 옆에만 있어도 좋은 시기였다.

그래도 이런 감정이 연애를 처음 하는 사람의 특권이기도 했다. 인생을 살며 언제 다시 이런 사랑과 감정을 느낄지 기약할 수는 없었다.

정수는 모태솔로를 벗어나 첫사랑을 제대로 거치고 있었다.

그런데 오늘은 정수가 든 쇼핑백이 하나밖에 없었다.

은정도 친구들의 날카로운 눈초리에 하나밖에 쇼핑하지 못한 것이다.

그리고 은정도 후환이 두려운지 친구들에게 하나씩 선물을 했다. 정수는 구름 위를 떠돌고 있어 카드를 어떻게 쓰는지도 몰랐다.

전리품이 있자 다들 오늘 수업을 제꼈지만 만족을 했다.

"정수야, 언제 내려갈 거야?"

"응, 금요일에는 한 번 내려가야 해. 토요일에 바로 올라올게."

"아니야. 네 기분은 알겠는데, 일상 생활이 무너질 정도로 연애를 하면 안 돼. 일주일에 한 번씩 보자."

"수업 때문에 그래? 이제 저녁에 만날까?"

"너도 아직 산에 있으려는 이유가 있지? 아직 수련을 더해야 하잖아. 일주일에 한 번씩 보자."

"이제 수련 안 해도 되는데……."

"아직 산에 머물려고 했잖아. 매일 보고 싶겠지만 참는 것도 알아야지."

"어어, 알았어. 대신 가방 돌려줄 생각 마. 쇼핑을 좋아하던데, 나 보고 싶으면 친구들과 해. 필요하면 더 줄게."

"알았어."

돌아가는 택시에서 은정이 일주일에 한 번씩 만나자는 말을 했다.

정수가 너무 정신을 못 차리는 것 같아 걱정되어 하는 말이었다.

이상한 알레르기 때문에 절에서 수련하던 정수를 언제까지 도시에 잡아 둘 수는 없었다. 정수도 산에서 머물다가 가끔 올라오려 했다는 것도 알고 있었다.

은정은 정수의 체질, 산에서 한다는 수련, 놀라운 부적값을 고려해서 수련하라고 설득을 했다.

정수의 능력이면 바로 결혼을 해도 되겠다는 생각도 들었지만 아직 너무 어렸다.

은정은 천천히 연애를 하며 시간을 두기로 했다.

정수도 너무 들이대면 안 된다는 교훈을 가까스로 떠올려 수긍을 했다.

원래 가끔 올라올 생각을 했으니 계획대로었다.

물론 은정을 직접 만나 손을 잡아 보고는 머리에서 지운 계획이었다.

그래도 은정의 자제력과 주변의 압박에 재가 될 때까지 불타오르지는 않게 되었다.

곧 내려가야 한다는 생각에 정수는 더욱 데이트가 기다려졌다.

그 후 이틀간 저녁 시간에는 은정을 만나 즐거운 시간을 보낼 수 있었다.

꿈같은 시간이었다.

'시간 참 빨리 가네. 이게 군바리들이 휴가 나와서 느낀다는 감정인가?'

정수는 휴가 나온 군인의 심정을 알 것 같았다.

'역시 군대는 절대 가면 안 되겠구나. 나야 초과민성 공황장애가 있잖아. 이것도 새옹지마네.'

3
현피

和療夫遇西山

辟踊行路盈以餞之

春秋六十有二其年

辟此下方齦乾他方

辟踊行路盈以餞之

不療夫遇西山

春秋六十有二其年

辟此下方齦乾他方

墓

墓

小淮三年□己廿一日葬

路賢人回愧神而□□□

西山之

路賢人回愧神而□□□

小淮三年□己廿一日葬

西山之

정수가 첫 연애에 정신을 차리지 못하고 있지만, 구입한 집의 개조는 순항하고 있었다.

자연보호를 위해 국립공원 내의 주택 재건축은 쉽지가 않았다. 법대로 한다고 해도 거쳐야 할 관청이 많았다.

신청을 해도 허가에 꽤 시간과 노력이 필요한 일이다. 읍 사무소뿐만 아니라 산림청과 환경청, 국립공원관리공단 같은 관청에도 평가와 허가를 받아야 하는 일이었다.

공무원에게 도장 하나 받기가 쉽지 않았다.

공무원이 빨리 해 줄 의무도 생각도 없으니, 급한 것은 공사 업체뿐이었다.

그러나 제일로펌이 끼어들자 공무원도 일을 빨리 처리해

줬다.

제일로펌이 웬일인지 계약한 일도 아닌데 나서서 관청과의 일을 처리했다. 최 변호사의 개입이었다.

힘 있는 곳에서의 전화 한 번에 인허가는 순식간에 통과됐다.

법률상 대수선이 가능하지만 인허가에 몇 년을 끌 수도 있었다.

그런 일이 전화 한 통에 허가된 것이다.

아직 대한민국은 돈과 권력과 인맥이 있으면 쉽게 살 수 있는 사회였다.

게다가 로펌이 중개업자와 함께 법률적인 일을 처리하고, 건설업체와 계약해 정수가 원하는 방향으로 개조를 했다.

정수는 중개업소와 용역 계약을 체결하며 일을 맡겨 자세한 사항은 몰랐다. 인허가라는 것이 얼마나 복잡한 일인지 모르는 것이다.

정수는 그저 높은 벽과 넓은 마당, 튼튼한 지하실, 금고 여러 개만 요구해 맡겼다.

정수는 주말에는 서울로 올라가고, 평소에는 수련을 했다. 사실 여러 절기의 형만 겨우 익힌 상태라 수련할 시기이기는 했다.

마음은 콩밭에 가 있지만 딱히 할 것이 없으니 수련에 매진했다.

형만 익혔던 여러 절기를 되풀이하며 한 수씩 의미를 찾아가고 있었다.

정수는 구결을 떠올리며 형을 반복했다.

원래 한 번 보기만 하면 구결의 의미를 알아야 하지만, 범재인 정수에게는 어려웠다.

어쩔 수 없이 반복하며 몸으로 알아내야 했다.

그렇게 수련을 해도 이제 눈에 띄는 진전은 없었다.

더 이상 기를 모을 단계는 아니었다.

중단전은 기를 채우는 곳이 아니었다.

천상검도 자연과 하나가 되면 저절로 알게 된다는 말만 했다.

진짜 도인처럼 수련해야 한다는 의미였다.

정수는 더 높은 경지에 대한 욕심도 관심도 없었다.

그리고 아직 늘어난 내공에 적응도 되지 않았으니 욕심낼 상황은 아니었다.

정수는 그저 의무감에 수련을 하고 있었다.

그리고 남은 영약의 처리에 고민을 거듭했다.

"노스님은 건강하니 많이 먹을 필요는 없겠지. 이참에 실험이나 해 볼까? 호리병에 세 방울만 넣어서 허전한데, 증류수로 채워 볼까?"

정수는 갈등하다가 호리병에 세 방울의 우윳빛 액체를 넣고 증류수를 섞어 밀봉했다.

증류수를 넣어도 약효에 이상이 없으면 그렇게 복용하기로 했다. 병에 비해 액체의 양이 너무 적으면 이상하기 때문이다.

정수는 일단 증류수를 넣어 실험하기로 했다. 약효가 변하면 보약이라도 타서 실험할 계획도 세웠다.

주말만 기다리는 정수에게 새로운 일이 생겼다.

부하로 거둔 촉새의 전화기로 문자가 온 것이다.

사무실과 장비를 구입해 용역 사무실을 열었다는 보고였다.

가끔 휴대폰 전원을 켜서 확인하곤 했는데, 이번에 사무실을 구했다며 주소와 위치가 문자로 와 있었다.

정수는 변용술로 눈과 입술을 날카롭게 만들고, 제단에서 챙긴 금 조각들을 가방에 채워 산을 내려갔다.

부하들에게 금덩이의 처분을 맡기려는 것이다.

지난번에 금을 처분하면서 이런 음지의 일도 인맥이 필요하다는 것을 깨달았다. 하여 금덩이 처분 같은 일을 시키려 거둔 부하들이었다.

부하들이 알려 준 주소에 도착하니 건물 3층에 용역 사무실 간판이 보였다.

그런데 정수가 미리 전화해서인지 부하들이 건물 입구에 나와 기다리고 있었다.

"형님!"

부하들이 허리를 굽히며 조폭 흉내를 내었다.

"영화 찍냐? 너무 쇼하지는 말고. 시선을 끌어 시끄러우면 처리하고 잠적해야 한다."

"죄송합니다. 주의하겠습니다."

"들어가자."

"네."

사무실로 들어가자 책상 위에 여러 장비들이 쭉 늘어서 있었다.

군대 다녀온 촉새가 지휘 검열을 받은 경험으로 이번에 구입한 장비들을 선보였다. 호기심이 많은 정수의 기호에 딱 맞는 쇼였다.

"사무실은 괜찮네."

"형님, 이번에 준비한 장비들입니다. 용역 사무실에 필요한 장비들은 대부분 구입할 수 있었습니다."

"많네."

"요즘 기술이 발달해 좋은 장비들이 많아졌습니다. 이건 보시다시피 망원 카메라입니다. 그리고 이건 도청 장비로 핀 포인트 캠코더, 지향성 마이크, 유선 전화 도청기, 휴대폰 복제기 등입니다. 이건 GPS 추적기입니다. 차에 붙이면 멀리서도 움직이는 곳을 알 수 있습니다."

"이런 걸 용케 구했구나?"

영화에 나오는 장비는 대부분 있었다.

물론 요즘에는 인터넷으로도 파는 장비들이었다.

"이 정도는 전자상가에 가거나 인터넷으로도 다 구할 수 있습니다. 가격도 안면만 있으면 싸게 구할 수 있는 장비입니다."

"사무실과 차도 얻었는데, 돈이 부족하지는 않았나?"

"사채하는 최 사장이 퇴직금을 넉넉히 주어 부족하지 않았습니다."

덜그럭.

철컹.

정수는 장비를 구경하고 난 뒤, 의자에 앉으며 가방을 내려놨다. 그러자 가방을 가득 채운 금조각들이 부딪치는 소리가 사무실을 울렸다.

"일단 이것 좀 처분해라. 순도 95%의 순금이다. 전에 금은방에서 수수료로 1할을 주었다. 장물이나 밀수한 것은 아니지만 출처를 밝힐 수 없으니 수수료 1할 정도로 협상해서 처분해라."

"네. 금은 환금성이 있으니 1할이면 충분합니다. 자세히 알아봐서 수수료를 줄일 수 있도록 하겠습니다."

"이것도 의뢰이니 잘 처분하면 보너스를 주겠다."

"감사합니다, 형님. 그리고 이건 대포폰입니다. 명의가 깨끗한 것이라 오래 써도 이상은 없을 겁니다."

"그래. 가끔 확인할 테니 보고는 문자로 보내라. 그리고 다시 한 번 말하지만, 난 조용히 살 테니 문제 일으키지 마라. 시끄러우면 밤에 와서 다 정리할 수도 있다."

"염려 마십시오. 조용히 사무실만 운영하겠습니다."

"그럼 금을 처분하면 문자 보내라. 수고하고 나오지 마라."

정수는 당근과 채찍으로 부하를 다스리며 금덩이가 든 가방을 놓고 나왔다.

검열을 마친 부하들은 소파에서 안도의 한숨을 쉬었다.

"시발, 아까 시끄러우면 처리한다는 말에 쌀 뻔했다."

"그거 살기였냐? 나도 뭐 빠지게 무서웠다."

"호가호위하다가는 정말 용궁 구경 가겠다. 조심하자."

"호가호위?"

"고등학교도 안 나왔어? 호랑이 위세를 빌려서 여우가 센 척한다고."

"한마디로 형님 이름 팔다가는 죽는다는 말이잖아. 그냥 쉽게 얘기하지."

대학을 나온 쪽새가 문자를 쓰자 언성이 높아졌다.

그래도 언성이 높아지자 긴장이 풀리고 있었다.

철커덩.

한 명이 정수가 가져온 가방을 들려다가 너무 무거워 놓치고 말았다. 그에 가방이 떨어지며 금속성이 울렸다.

"뭐가 이리 무거워?"

"거기에 든 게 금이잖아. 금어 원래 무겁잖아."

"그래도 그렇지. 무슨 금이 무거워서 못 들 정도로 있겠냐?"

"열어 보자."

찌익.

"우와!"

"이게 전부 금이야?"

"정말 금인 것 같다."

가방 안에는 금 조각들이 가득 차 있었다.

세 명의 눈동자가 돌아가며 서로 눈치를 봤다.

"주먹만 한 것이 8천이지?"

"금은방에서 좀 속였을 테니 하나에 9천도 받을 수 있을 거야."

"이렇게 많으니 8천을 그냥 우리에게 주었구나. 시발, 먹고 튈까?"

"코딱지만 한 나라에서 튀어 봤자지. 선납금 먹고 튄 년 들도 금방 찾잖아."

"외국도 있잖아. 중국에 가면 찾지도 못해."

워낙 많은 금에 세 사람의 눈이 돌아가고 있었다. 외국으로 도망가자는 말까지 나오고 있었다.

그래도 문제는 있었다. 엄청난 금액이지만 가족까지 데

려갈 수 있을 정도는 아니었다.

"가족까지 팔자를 고칠 정도는 아니야. 우리가 도망가면 가족까지 손을 댈걸?"

"으, 정신 차리자. 전국구면 인맥이 많을 거야. 이리저리 수소문하면 중국에 가도 걸릴 거야. 요즘 조직들이 중국 조직과 많이 교류하잖아."

"그렇지. 외국 나가도 한국 사람 모이는 곳에서 살아야 하잖아. 조금만 조사하면 금방 걸릴 거야."

"그런데 이걸 한 손에 들고 왔잖아."

"정말 그러네? 전국구는 다 저런가. 이거, 쌀가마니보다 무겁잖아."

"능력도 없는데 조용히 살자. 일 좀 하면 월급으로 200씩 가져갈 수 있을 거야."

"보너스도 준다잖아. 금이나 잘 팔아서 보너스와 성과급이라도 받자."

"그래. 일단 금이나 잘 팔자."

세 명은 잠깐 갈등을 하다가 먹고 튀는 것을 포기했다.

가족 문제도 있지만 전국구의 위력을 체감하자 몸을 사리는 것이다.

부하들에게 갈등을 안겨 준 정수는 시내 구경을 하다가 돌아갔다.

30억이 넘는 금덩이를 촉새라는 별명만 아는 부하에 맡기고도 걱정이 없었다. 송 노인에게 부적값으로 거금을 받은 정수에게 사실 그 정도는 없어도 그만이었다.

즉흥적으로 부하들을 거뒀지만, 이번 금 거래만 제대로 되면 이득이었다. 정수가 금을 팔러 다녔다면 바가지를 쓰고 여러 가지 충돌도 생겼을 것이다.

정수가 좌충우돌하고 있지만 손해는 안 보고 있었다.

"이거, 또 오셨습니까?"

"공기가 좋다 보니 자꾸 찾게 됩니다."

최 변호사가 또 강룡사를 찾았다.

그는 최근 일주일에 한 번은 산 아래 공사 현장에 들렀다 강룡사를 찾아오고 있었다.

물론 등산이나 절을 찾기 위해 온 것은 아니었다.

"정수는 저녁때나 올 겁니다."

큰스님이 정수 얘기를 꺼냈다. 최 변호사가 뻔질나게 찾아오는 것은 정수 때문이다.

이미 최 변호사는 시주를 많이 해서 큰스님을 아군으로 만들어 두고 있었다.

물론 로펌의 변호사였으니 정수를 만나는 것을 말릴 이유도 없었다. 친해지면 정수에게 도움이 되는 사람이었다.

"하하, 고객님을 보러 온 것은 아닙니다. 그냥 산이 좋아서 온 겁니다."

최 변호사는 정수가 목적이 아니라는 듯이 화제를 돌렸다. 흑심이 있으니 괜히 모르는 척을 하는 것이다. 도둑이 제 발 저리는 상황이었다.

물론 흑심이라고 해 봤자 마니아의 뜨거운 호기심 정도였다. 말로만 듣던 경지를 직접 보고 싶은 것이다.

큰스님은 최 변호사의 마음이 훤히 보이는지 미끼를 걸었다.

최 변호사를 잘 요리해야 시주가 부족한 강룡사 살림에 도움이 되기 때문이다.

큰스님은 최 변호사에게 가끔 먹이를 던져 관심을 계속 유지해 찾아오게 만들고 있었다.

"요새는 경공을 배웠는지 길이 없는 곳으로 다녀 찾을 수가 없으니……."

"경공이요? 역시!"

큰스님이 내민 미끼를 최 변호사는 덥석 물었다.

유능한 변호사라 생각이나 입담이 부족하지는 않지만, 누구에게나 약점은 있었다.

최 변호사는 무술과 액션 마니아였다.

무술과 액션 장르의 역사는 깊었다.

남자라면 힘이 있어야 하니 젊어서 무술을 기웃거리기 마련이었다. 아이돌이 생기기도 전에 무술 마니아는 존재하고 있었다.

최 변호사는 이소룡이 우상이던 시절에 학창시절을 보냈다.

최 변호사가 비록 열심히 공부해 손꼽히는 로펌의 세금 전문 변호사가 되었지만, 무술과 무협에 푹 빠진 마니아였다.

물론 수련은 전혀 해 보지 않은, 입만 고수였다.

그래도 매니아답게 가슴에 열정은 넘치고 있었다.

그런데 사회적 지위 때문에 눌러 둔 열정이 정수를 만나면서 폭발하고 있었다.

"어이쿠, 다른 수련자의 얘기는 금기인데. 이거, 저도 모르게……."

"하하, 큰스님과 고객님이 어디 남입니까? 어려서부터 돌보시지 않으셨습니까?"

큰스님은 살짝 얘기를 흘리다가 입을 닫았다. 먹이를 감질나게 찔끔찔끔 주는 것이다.

최 변호사는 정수에 대한 이야기를 더 듣고 싶었지만, 큰스님은 화제를 돌렸다.

최 변호사는 큰스님과 한동안 영양가 없는 얘기만 해야 했다. 또 시주라도 해야 뭔가 나올 것이다.

최 변호사는 큰스님과 만나 후 요사채로 향했다.

절의 또 다른 실세인 공양간 보살을 만나러 가는 것이다.

정수에게도 친할머니나 마찬가지라 올 때마다 인사를 드리고 있었다.

그는 능력있는 변호사답게 시세 판단이 아주 날카로웠다.

"변호사님, 또 오셨습니까?"

"네. 건강 때문에 자주 오려고 합니다. 보살님 음식 솜씨도 잊지 못하겠습니다."

"차린 것도 별로 없는데……"

"보살님의 산채비빔밥은 보약이나 마찬가지입니다."

"그냥 산나물 몇 가지 넣는 건데…… 호호."

최 변호사는 음식 칭찬을 시작으로 열심히 아부를 했다. 큰스님이야 시주를 하며 아군으로 만들었지만, 보살님은 돈이 통하지 않으니 아부로 눈에 들려 노력하고 있었다.

그래도 변호사라는 타이틀 때문에 할머니도 최 변호사를 좋게 대하고 있었다. 자신에게 싹싹하게 대하기도 하지만, 정수에게도 도움이 되는 사람이기 때문이다.

그러나 할머니는 변호사라는 직업과 아부에 속고 있는 것이다.

최 변호사의 흉중에는 흑심이 가득했다.

그 시각, 정수는 산속에서 인터넷의 바다를 헤매고 있었다. 수련을 하는 것이 아니라 놀고 있었다.

휴대폰만 있으면 인터넷이 되는 세상이었다.

정수는 휴대폰으로 인터넷이 되는 줄도 모르고 있었다.

그러나 은정에게 인터넷 메신저를 사용하는 방법을 배우며 이런 것도 가능하다는 것을 알게 되었다.

지금은 은정이 수업 중이라 메신저는 꺼두고 있었다.

대신 휴대폰에 노트북을 연결해 서핑을 즐기고 있었다. 휴대폰 망을 이용하는 것이라 요즘 많이 즐기는 미드를 볼 수는 없었다.

대신 정수는 유머 게시판을 돌아다니고 있었다.

"낄낄낄, 무지 웃기네. 그런데 봐도 봐도 끝이 없네. 이 걸 언제 다 보나?"

정수는 유머 게시물을 하나씩 클릭하며 시간을 보내고 있었다.

그러다 링크를 클릭하다 오덕후들이 모이는 무술 게시판 에 접속하게 되었다.

게시판의 대화방은 오늘도 오덕후들의 키보드 전쟁이 벌 어지고 있었다.

역시 60억분의 1이 최고야.

언젯적 얘기냐? 요즘에는 산도스가 최고야.

전성기 시절의 전투력으로 따져야지.

전투력은 도끼 살인마가 최고야. 그 눈빛하며 웃으며 때리 면…… 모습이 완전 작살이야. 체급만 더 컸어도 월드 챔피 언이 됐을 텐데……

전성기로 따지면 이소룡이 최고지. 1인치 펀치의 전설을 모르냐?

옛날에야 대단했지. 그런데 요즘 다시 이소룡 영화를 보면 촌스럽게 느껴진다. 이제 무술의 기술도 많이 발전했어.

맞아. 이제 세계 무대에 활약하는 짱개도 없잖아. 그게 다 실력이 없어서 그런 거야. 쇄국하면 망한다는 증거다.

싱아 형 까지 마. 동양인이 서양인 깔 수 있다는 것을 증명해 주신 분이야. 동양인이 유학 가서 그래도 맞지 않고 다니는 것은 다 싱아 형 때문이야.

왠지 경험 같네. 그래도 찬성. 싱아 형이 대단했지. 쿵푸의 비밀을 발설해 고수에게 발경을 맞고 죽지만 않았어도 아직 전설이었을 텐데.

ㅋㅋ 웬 고수의 발경?

싱아 형처럼 건강한 분이 왜 갑자기 가셨겠냐? 그게 다 비기를 양놈에게 가르쳤다가 암살당하신 거야.

아직 제정신 아닌 놈들이 많네. 이제는 근육이야. 내공 같은 미친 소리는 닥치고, 근육이나 키워라. 근육 키우면 여자도 많이 생긴다. 내 근육 사진 봐라. 여름에 수영장 가면 아주 죽인다.

또 어디서 사진 긁어와 자랑하는 거야? 자기 사진 아니라는데 십 원 건다.

나도 십 원 건다.

십만 원 걸면 민증 까는데, 아쉽네.

ㅋㅋ 진짜 걸까?

ㅋㅋ 현피 뜰 분위기.

근육도 체격이 받쳐 줘야 멋있지. 그리고 동양인이 약한 것은 체급 때문이야. 복싱도 아시아 인은 중량급이 없잖아.

맞아. 동양인은 흑형 같은 등빨이 없으니 그렇게 발리는 거야. 힘도 힘이지만, 등빨이 상대가 안 되잖아. 이제 세계 격투 무대에 동양인의 자리는 없어.

누가 말꼬리 잡을 만한 글을 올리면 게시판은 순식간에 전투가 벌어졌다.

물론 전투의 이유와 방향은 없었다. 그저 말꼬리를 잡으며 전투를 위한 전투를 벌이고 있었다.

이런 전투에 오덕으로 변해 가는 정수도 빠질 수가 없었다. 정수도 키보드 베틀에 참여를 했다.

어허, 진짜 고수는 숨어 있는 거야. 발경만 할 수 있어도 서양 놈들은 샌드백이지.

반갑습니다, 무협 마니아시군요. 아주 오랜만에 웃었습니다.

ㅋㅋㅋㅋ 발경이래. 이놈, 가정교육을 무협으로 받았나? 이건 싱아 형 찾는 수준이 아니야.

ㅋㅋㅋ 가정교육을 무협으로. ㅋㅋㅋ

이건 십덕후 아닌가! 인형과 결혼하신 십덕후 급이야.

대단하십니다. 무협지로 한글을 배우셨나?

ㅋㅋ 발경이 가능하면 자존심만 있는 짱개가 진작 세계 정복에 나섰겠지.

크크, 세계 정복. 아예 우주정복이라고 해라.

요즘 격투기 대회도 상금, 광고, 스폰서로 돈이 되는 시장인데 발경을 한다는 짱개는 없잖아. 하여간 짱개들 허풍은……

옛날에 에 소림사 출신 나왔다가 개박살 났잖아. 근엄한 척하더니 얼마나 쪽팔렸을까?

개박살 나고 소림사에서 자기들 제자 아니라고 성명까지 냈잖아. 역시 짱개!

글을 올렸다가 정수는 신나게 조롱을 당했다.

그래도 채팅이 대개 그렇듯 화면이 넘어가자 다른 소재가 화제가 되고 있었다.

소림사 제자라고 하며 격투기 대회 나갔다가 망신당한 사건에 대한 이야기였다.

그러나 정수도 이대로 포기할 수는 없었다.

울나라 발경 고수 많아. 내가 발경이 가능한 고수만 세 명을 알아.

크크, 십덕후 재등장.

ㅋㅋㅋㅋ 돈 모아서 정신병원 보내드리자.

우리도 폐인이지만, 정말 심하네. 늦기 전에 정신 차려서 취직해 돈이나 벌어야지, 이러다 저분처럼 십덕의 경지까지 오르겠다.

십덕 씹지 마. 나름 고수의 경지 아니냐? 십덕 정도 되면 신문에도 나오잖아.

ㅋㅋ 신문에 나오기는 하지. 저러다 검을 들고 길거리로 나오면 정말 신문에 나겠네.

가능하다에 한 표.

나도 한 표. 길거리에서 칼질하고 신문에 나온다에 한 표.

나도 가능하다에 한 표.

십덕에게 영광을!

ㅋㅋ 입신의 경지에 오르시기를……

입신이면 기연 얻겠다고 절벽에서 뛰어내리겠네.

ㅋㅋ 기연. ㅋㅋ 오늘 십덕 덕분에 졸라 웃는다.

추카! 오늘 우리 게시판에 십덕의 경지에 오른 분이 탄생하셨습니다! 스샷 찍어서 명예의 전당에 올립시다!

찬성. 십덕을 명예의 전당으로.

나도 찬성.

시바알, 벌써 누가 스샷 찍어서 사방에 뿌렸어. 포인트 좀 얻을 수 있었는데, 아깝네.

용자 나셨네. 역시 손이 빨라야 뭐라도 먹네.

두 번의 댓글로 정수는 졸지에 십덕으로 등극했다.

그리고 여러 게시판에 오르내리는 영광을 얻게 되었다.

"사람 매장되는 거 한순간이네."

순식간에 벌어진 사태에 정수는 화도 안 나고 허탈해했다.

역시 이런 키보드 배틀은 초보자가 낄 자리가 아니었다.

그래도 신나게 얻어터지고 그냥 물러날 정수가 아니었다.

입만 고수인 놈들이 까불기는!

십덕후 재등장!!

십덕후 전쟁 선포!

역시 십덕후!

한 방거리도 안 되는 것들이 까불기는.

정수는 두 개의 댓글로 입만 고수인 키보드 워리어들에게 전쟁을 선포했다.

오호, 무협지에 완전 세뇌됐네.

우리가 이해해야지. 완전 뚱뚱하고 피부는 지저분한 모태

솔로일 텐데, 저 정도 이빨질은 참아 줘야지.

그런데 초딩 아니야? 말투가 좀 어려 보인다.

괜히 십덕후겠어? 건전한 정신과 튼튼한 몸을 가진 우리가
참아 줘야지.

정수가 전쟁을 선포했지만 키보드 워리어들은 참아 주자
는 분위기였다. 십덕후와 싸워 봤자 같이 나락으로 떨어질
뿐이었다.

그러나 정수의 댓글은 도를 넘어가고 있었다.

싱아 형, 훗~ 한 방거리. 송곳주먹, 후후~ 물주먹. 그리
고 너희들도 키보드질 그만하고 열심히 운동해서 몸 좀 만들
고, 공부도 열심히 해서 돈도 많이 벌어라. 나는 몸도 좋고
돈도 많고 주먹도 짱 세.

정수는 주먹계의 과거와 현재를 모독하고, 완전 잘난 척
을 해 버렸다. 오덕들의 아지트에 핵폭탄을 떨군 셈이었다.

정수의 도발에 키보드 워리어들이 거병을 했다.

아오! 이놈, 초딩이야? 완전 짱나네!

완전 잘난 척. 그렇게 잘난 놈이 여기서 이러고 있냐? 너
도 인생이 불쌍하다.

감히 싱아 형을 모독하다니……

송곳주먹에 당해 볼래?

너, 어디야? 현피 떠 볼래?

그래, 현피! 현피! 현피!

맞아! 그렇게 잘났으면 나와 봐!

이 바닥 은퇴를 걸고 현피 떠!

ㅋㅋ 현피한다고 십덕이 나오겠냐? 완전 뚱뚱한 폭탄일 텐데……

그래도 현피한다니 조용하네.

그렇지. 이런 놈은 추방해야 해. 좀 띄워 줬더니 완전 미쳤어.

십덕후, 현피에 놀라 버로우……

ㅋㅋ 버로우. ㅋㅋㅋ

십덕후, 버로우 타지 말고 나와!

그래. 에바처럼 폭주해 봐라. 몸무게 많이 나갈 테니 덩치 빨로 이길 수 있어.

십덕후, 현피에 놀라 심장마비……

ㅋㅋ 심장마비. ㅋㅋㅋ

십덕후, 심장마비로 죽기 전에 어서 주소 쳐. 우리가 119에 신고해 줄게.

역시 인간에게 십덕후의 경지는 너무 높은가? 십덕후에 오르자마자 주화입마……

ㅋㅋ 주화입마. ㅋㅋㅋ

여러분, 포인트 모아 십덕후 님의 장례식이라도 치러 주죠.

게시판에 폭탄이 떨어지자 키보드 워리어들이 전면전을 벌였다.

그리고 현피로 분위기를 몰아 십덕후를 매장했다.

이제는 장례식까지 치를 분위기였다.

말 그대로 진짜 매장될 분위기가 되자 정수도 참지 못하고 검을 휘둘렀다.

그래! 현피 뜨자! 한 방거리도 안 되는 것들이 입만 살아서……

정수도 거칠 것 없이 현피를 선언했다.

정수는 요즘 거칠 것이 없었고, 가슴에 쌓인 것도 많았다.

그리고 어렸을 때부터 산속에서 고생하다 이제 막 벗어난 참이라 한창 혈기왕성한 나이였다. 힘이 넘치기에 자랑도 하고 폭발시키고 싶은 마음이 넘쳤다.

그리고 마침 핑계가 생기니 과감히 질러 버렸다.

정수는 영약 덕분에 너무 빨리 고수가 되었다.

원래는 30살 이후에나 조금 세상 출입을 할 수 있었을 것이다.

그때라면 혈기도 꺾이고, 이런 황당한 일도 벌이지 않을 나이였다.

그러나 지금은 한참 물불 가리지 않는 나이였고, 눈치를 볼 스승도 없고 힘도 넘쳤다.

정수의 현피 선언에 게시판이 술렁거렸다.

십덕후, 저승에서 복귀!

십덕후, 재림!

십덕후, 스팀 빨고 돌아옴!

진짜 현피 뜰 분위기……

정말 현실과 상상을 혼동하네. 진짜 십덕의 경지! 이런 경지를 보게 되다니……

어이, 십덕후. 진짜?

주소 쳐. 어디가 좋겠어?

정수는 장소를 말해 보라며 진짜 현피에 나설 뜻을 보였다.

물론 키보드 워리어들이 쉽게 믿지는 않았다.

쇼하는 것 아니야?

그렇겠지.

당연히 구라지. 말만 저렇게 하고 이불 뒤집어쓰고 떨겠지. 약속 잡고 나간 사람만 병신되는 거야.

전번 까면 내가 진짜 약속 잡는다. 이번 기회에 회원분들에게 제 근육이 사실임을 인증하겠습니다.

그래, 십덕후. 전번 까 봐라.

전번 까! 전번 까! 전번 까!

오오, 근육맨!

근육맨은 진짜인가?

십덕후 안 나올 걸 예상해 쇼하는 것 같은데. 솔직히 조각 같은 근육이 있으면 여기서 이러고 있겠냐?

그렇지. 나라도 근육이 있으면 클럽에 가서 여자나 꾀겠다.

그래도 근육맨이 진짜 현피 뜰 분위기를 잡아, 십덕후 대위기! 이대로 버러우를 타느냐, 아니면 전번을 까느냐?

여러분, 이제 중요한 순간입니다. 십덕후가 진짜 정신이상을 일으킬지, 아니면 겁쟁이 돼지로 남을지 갈림길에 섰습니다.

정수가 현피를 거론하자 근육맨이 전화번호를 조건으로 맞상대에 나섰다.

물론 정수가 근육맨을 무서워할 이유가 없었다.

그래도 신분이 드러나는 전화번호를 공개하기는 꺼려졌다.

그러나 정수에게는 마침 부하들이 마련해 준 대포폰이

있었다. 정수는 가방에서 전원을 꺼 둔 대포폰을 꺼냈다.

어이, 근육맨. 쪽지로 전번 보냈다.

오오! 십덕후, 주화입마 극복!

진짜 십덕후~ 완전 해탈의 경지에 올랐어.

가상과 현실의 경계를 넘은 거지. 이런 십덕의 경지를 진짜 볼 줄이야.

근육맨, 진짜 전번 왔어?

문자 보내고 있어. 확인해 볼게. 문자 왔다. 전번 진짜다.

정수와 근육맨은 문자를 주고받으며 확인을 했다.

그리고 댓글로 약속을 잡았다.

서울로 올 수 있어?

가야지.

언제가 좋겠어?

아무 때나.

오늘 올 수 있어?

갈 수는 있는데, 저녁때나 갈 수 있겠어.

그럼 저녁 8시에 성수역 쪽의 한강시민공원 축구장에서 보자.

콜.

정수와 근육맨은 현피 약속을 잡았다.

내 생애에 이런 대결을 보게 되다니!

십덕을 볼 기회다.

십덕후 대 근육맨 현피. 저녁 8시, 성수역 한강시민공원 축구장. 많은 관람 부탁드립니다.

격투동에 또 이런 일이 벌어지다니.

아, 강호는 험난하구나. 오늘 또 큰 별이 하나 지겠구나.

구경 가야지.

왜 항상 이런 행사는 서울에서만 하는 거야?

후기 잘 써 줄게요. 기대하고 계세요.

십덕 승에 1만 포인트.

나도 십덕 승리에 1만. 자신있으니 나오는 것 아니겠어?

괜히 십덕이겠어? 분명 정신이상일 거야. 나는 근육맨에 10만.

근육맨도 현피 뜨는 것을 보면 물근육이라도 만들었을 거야. 나도 근육맨에 5만.

오, 세게 나오는데? 그래도 십덕후 인생이 너무 불쌍해. 나는 동정심에 십덕후에 10만.

ㅋㅋ 부의금 내는 분위기. 그래도 십덕후인데 고이 장사지내 줘야지. 나도 십덕후에 10만.

키보드 워리어들은 내기까지 하며 정수와 근육맨의 현피를 축하해 주고 있었다.

정수는 접속을 마치고 난 뒤, 급히 서울로 가기 위해 움직였다.

휘이익~

정수는 나뭇가지를 밟으며 강룡사로 달려갔다.

그때, 최 변호사는 보살님께 한껏 아부를 떨고 나서 정수의 아지트인 암자를 힐끔거리며 염탐을 하고 있었다.

휘이익~ 스륵.

순간, 난데없이 하늘에서 정수가 떨어졌다.

"어허헉!"

최 변호사는 갑자기 뭔가 떨어지자 깜짝 놀랐다. 너무 의외의 곳에서 갑자기 뭔가 떨어져 정수인지 알아보지도 못하고 놀라기만 했다.

정수도 흥분을 한데다 급히 서울로 가야 한다고 생각해 실수를 했다. 보통 때는 사람이 다니는 근처에서는 실력을 보이지 않고, 주변도 잘 살피는데 급한 마음에 실수를 한 것이다.

"이크, 실수…… 어라, 변호사님이네?"

"오오, 고객님! 이건 경공……."

최 변호사는 놀란 마음을 진정시키며 방금 본 것이 경공이라 생각하며 감격을 했다.

정수도 상대가 최 변호사라 조금 마음을 놓았다.

이미 발경도 보여 줬고, 변호사는 고객 비밀을 지켜야 하니 소문이 나지는 않을 거라고 생각한 것이다.

그래도 최 변호사가 자주 찾아와 귀찮은지 반갑게 맞이하지는 않았다.

"또 웬일로 오셨습니까?"

"흐음, 등산이 건강에도 좋고, 공사 진척도 보고해야 하고……."

"공사는 알아서 하라고 했는데, 하여간 급한 일이 있으니 다음에 얘기해요."

정수는 현피 약속을 떠올리며 최 변호사를 지나쳐 갔다.

"할머니, 저 급한 약속이 생겼어요."

"약속?"

"인터넷에서 얘기하던 사람과 만날 약속을 했어요."

"인터넷? 아아, 전화로 사람을 만났다고?"

"비슷해요. 하여간 오늘 갑자기 만나기로 해서 서울 가야 해요."

"서울이라면 오늘은 너무 늦지 않겠어?"

"저녁에 만나기로 했어요. 돌아오기는 너무 늦으니, 내일 내려올게요."

"그래라. 남자는 친구를 만나서 밤새 술도 먹고 그래야지."

할머니는 정수가 친구와 술 약속을 잡은 것이라 생각했다. 현피 같은 것을 상상할 수 없으니, 약속이라는 말에 친구와 만나 술 한잔한다고 생각한 것이다.

정수도 자세히 설명할 없으니 그저 약속이라고만 했다.

정수는 할머니께 서울행을 설명하고, 체육복으로 갈아입은 뒤 가방에 여러 가지를 챙겨 요사채를 나섰다.

드륵.

"어이쿠!"

정수가 급히 문을 열자 밖에서 염탐하던 최 변호사가 또 놀라게 되었다.

마음이 급한 정수는 최 변호사를 무시하고 지나가며 산길을 뛰어갔다.

그리고 나무가 울창한 곳에 이르자 내공을 일으켜 경공을 펼쳐서 산을 내려갔다.

"벌써 사라졌네. 이야, 경공이 진짜 있구나!"

정수가 사라진 자리에 최 변호사의 감탄이 흘렀다.

정수는 산 아래에서 택시를 타고 기차역으로 갔다.

한 시간 거리라 요금이 많이 나왔지만 정수는 신경 쓰지 않았다.

띠링.

그때, 근육맨에게 문자가 왔다.

진짜 오냐?

현피 약속을 확인하는 문자였다.

정수는 바로 답글을 올렸다.

가고 있다.

근육맨은 정수의 확인 문자를 게시판에 글을 올려 현피 진행 사항을 알렸다.

점점 현피 가능성이 높아지자 격투동을 넘어 사이트 전체가 술렁거렸다. 키보드 워리어를 비롯해 각종 오덕과 초딩과 잉여들이 참가해 파문을 키워 갔다.

정수도 기차에서 노트북을 켜서 게시판을 확인하고, 지나는 기차역 사진을 찍어 인증을 했다.

기차 타고 가고 있다. 입만 나불대던 놈들, 다 나와서 기다리고 있어라.

정수의 도발 댓글과 인증 사진에 게시판은 폭발을 해 버렸다. 수많은 잉여가 게시판에 글을 써 초 단위로 페이지가 넘어갔다.

현피가 거의 확정적이 되자 구경 오겠다는 사람들도 많아졌다. 돈 주고도 못하는 구경이고, 역사에 길이 남을 현장이었다.

햇볕 본 지 오래인 오덕후들도 하나둘 집 밖으로 나와 지하철을 탔다.

적지 않은 수의 오덕후들이 한강변으로 모이고 있었다. 대부분 더럽고 늘어진 츄리닝과 면티 차림이었다.

너무 튀는 오덕후들의 모습에 여기저기 수군거리는 소리가 들렸다.

"저기 봐, 저런 모습이 오덕후야."

"너무 지저분하다, 얘."

"저러니 오덕질이지."

"그래도 밖에 나오려면 좀 씻지."

"어어, 내린다? 여기 한강인데…… 설마 다리에서 뛰어내리러 가는 것 아니야?"

"설마?"

심상치 않은 모습의 오덕후가 성수역에 내리자 걱정을 하는 사람도 있었다.

그런데 오덕후에게 말을 거는 사람이 있었다.

키가 작은, 초등학생으로 보이는 아이였다.

"아저씨도 현피 보러 왔어요?"

"응. 그런데 나 아저씨 아닌데……."

"오덕후면 아저씨지 뭐."

그냥 초딩이 아니라 키보드 워리어였다. 입에서 나오는 말이 꽤 날카로웠다.

"날도 어두워지는데, 초딩이면 집에 가라."

"이 아저씨가 요즘 초딩의 삶을 모르네. 요즘 초딩은 국제중 가려고 자정까지 공부해요. 5당 6락 몰라요? 하여간 오랜만의 현피라 학원도 째고 나왔는데……."

"초딩이 자정까지 공부한다고? 세상이 미쳤어!"

"아저씨, 나도 죽지 못해 살고 있으니 힘 좀 내요. 나는 아직 8년은 더 이렇게 살아야 해요."

"세상이 미쳐 돌아가네. 내가 인생 쉽게 살았나?"

내공 높은 초딩에게 걸려 한 명의 오덕이 멘탈 붕괴를 겪게 되었다.

평소 한강변의 시민공원은 조깅족과 자전거족과 데이트족이 장악한 구역이었다.

그러나 오늘은 오덕후와 잉여들이 시민공원을 점령해 버렸다. 오덕후들도 주로 체육복 차림이지만, 외모와 분위기, 냄새부터가 달랐다.

데이트족들은 주변에서 침을 흘리며 지켜보는 오덕후들의 모습에 서둘러 몸을 피했다.

조깅족들도 오덕후들과 같은 취급을 당할까 두려운지 속
도를 높여 다른 곳으로 갔다.

"애들은 가라, 초딩은 가라!"

"짱나네. 잉여들이나 꺼져!"

"맞아. 우리가 얼마나 열심히 사는데……."

"어허, 부모님이 걱정하잖아. 애들은 가라."

"너희들은 부모님이 걱정도 안 하잖아. 잉여들이나 가라.
어디서 감히 초글링에게 덤벼."

엄마 뱃속에서부터 인터넷을 한 초딩들의 내공이 만만치
않았다. 어두워지자 초딩을 보내려던 오덕후만 주화입마로
사경을 헤매게 되었다.

초딩에게 강한 중딩이나 고딩은 학교에 잡혀 있었다.

현피 장소에는 시간이 많은 오덕후들과 초딩들만 북적였
다.

그런데 잠시 시간이 지나자 회사를 마치고 온 것 같은 직
딩들도 조금씩 모습을 보였다. 바늘구멍을 통과해 직장인이
되어 오덕후에서 탈출했지만, 여전히 사이트를 기웃거리는
부류였다.

그렇게 현피 장소에 여러 사람들이 모이고 있었다.

슬슬 날도 어두워지며 가로등이 하나둘 빛을 발했다.

이상한 부류가 시민공원을 점령한 가운데, 마침내 근육
맨이 등장했다.

"제가 근육맨입니다! 수준 높은 현피가 되도록 노력하겠습니다!"

"오오!"

"진짜 근육이야!"

"그래도 격투로 만든 것이 아니라 헬스장 근육이야."

"넌 저런 근육이라도 있냐?"

"에이, 또 힘으로 개싸움 되겠어."

"그건 모르지. 근육맨도 진짠데, 십덕후도 진짜 고수일 수 있잖아."

"고수가 할 일이 없어 오덕질을 하겠냐?"

"우리나라는 전국민이 다 오덕이야. 인터넷 안 하는 사람이 없잖아."

"그런데 근육맨 진짜 웃긴다. 저런 나시를 입고 오다니, 저놈 자뻑이 심한가 봐."

"그래도 부럽다. 저런 근육만 있다면……"

근육맨은 나시를 입고 나타났다.

그래도 근육은 진짜였다.

찰칵, 찰칵, 찰칵~

근육맨의 등장에 여기저기 셔터 소리와 플래시가 터졌다.

플래시 불빛에 근육맨의 얼굴도 자세히 드러났다.

인증으로 근육 사진만 올라오고 오덕후가 된 이유가 있었다. 근육은 좋은데, 얼굴이 처참했다.

그래도 근육맨은 이곳에 모인 오덕후에 비해서는 나은 편이었다. 그래도 근육이라도 있는 것이다. 어두운 밤이나 술을 좀 먹으면 여자에게 통할 것도 같았다.

오덕후들은 각자의 아이디를 말하며, 평소 친한 전우들을 찾아 끼리끼리 모였다.

"십덕후는 안 오나?"

"오겠지. 기차까지 탔잖아."

"기차역 사진도 어디서 긁어 온 것 아니야?"

"아니야. 내가 인증 사진의 파일 정보를 봤는데, 진짜 그때 찍은 거야. 사진 정보를 지울 수는 있어도, 고치기는 어렵지."

"그래? 이거, 기대되네. 현피 뜨고 술이나 먹으러 가자."

"그래. 오늘 돈 좀 모아 십덕후에게 여자나 안겨 주자. 오늘 십덕후 여자는 내가 카드를 긁어서라도 쏜다."

"나도 보탤게. 그놈, 모태솔로일 텐데 너무 불쌍해. 정신병원 보내기 전에 여자 손은 잡게 해 줘야지."

"그래. 오늘 십덕후 무지 터질 것 같은데, 알콜로 소독도 하고, 총각 딱지도 떼게 해 주자."

직딩들이 의기투합을 해서 십덕후를 위한 모금에 나섰다. 몸을 풀고 있는 근육맨을 보자 십덕후가 더욱 불쌍하게 느껴지고 있었다.

그때, 자동차 한 대가 시민공원에 진입하며 전방 램프의 불빛이 어두운 공간을 휘저었다.

지붕에 불빛이 있는 것을 보며 택시일 확률이 높았다.

끼익.

탁.

택시의 뒷문이 열리며 한 사람이 내렸다.

운동장 주변에 모여 있던 사람들의 시선이 그 사람에게 쏠렸다.

아무리 직딩이라도 택시까지 타고 올 것 같지는 않았다.

사람들은 자연스레 십덕후의 등장을 직감했다.

뚜벅뚜벅.

십덕후가 주변에 모인 사람들을 둘러보며 운동장을 향해 걸어갔다.

"헉!"

"크헉!"

"어헉!"

십덕후가 지나간 곳에서 답답한 신음 소리가 났다.

"으악~"

타다닥!

심지어 놀라서 달아나는 사람도 있었다.

찰칵, 팟! 찰칵, 파앗!

멀리 있던 사람들은 휴대폰을 들어 사진이나 동영상을 찍었다.

철컥, 번쩍!

누가 비싼 사진기를 가져왔는지 강한 불빛도 터졌다.

"헉!"

"헉!"

"으억!"

"꺅!"

한순간 강한 불빛에 멀리 있던 사람들도 십덕후의 얼굴을 확인할 수 있었다.

그리고 다들 기겁을 하게 되었다.

드러난 십덕후의 얼굴이 너무 범죄형이었다. 눈가와 입술이 날카롭게 찢어진 얼굴이었다.

물론 얼굴이 실력은 아니지만, 이건 너무 심했다.

얼굴도 살벌한데 살기까지 등등했으니 다들 알아서 기었다.

정수가 변용을 한 것이다. 변용을 할 수 있는데 원래 얼굴로 나타날 리가 없었다.

강한 촬영 램프까지 터지자 정수가 입을 열었다.

"근육맨이 누구냐?"

"허억!"

"컥컥!"

사람들의 답답한 신음성이 더욱 커졌다.

"그리고 한방고수는 누구야?"

"크헉!"

정수는 근육맨을 찾으며 자신을 가장 조롱한 한방고수도 언급했다.

그러자 한쪽에서 숨넘어 가는 소리와 함께 주저앉는 사람이 있었다.

아마도 그가 한방고수인 것 같았다.

"빨리 나오면 싸대기 한 대로 봐줄게. 안 나오면 조사 들어간다."

"컥!"

"그리고 형왔다라는 놈도 왔지? 빨리 나오면 한 방으로 봐줄게. 아니면 애들 푼다?"

"어흐윽!"

"저기 도망가는 놈이 근육맨입니다!"

주저앉아 있던 한방고수가 갑자기 일어나 운동장 쪽을 가리키며 외쳤다. 운동장에서 몸을 풀던 근육맨이 도망가고 있던 것이다.

한방고수는 살기 위해 근육맨을 팔아 버렸다.

"거기 서! 도망가면 먼지 날 때까지 팬다!"

"살려 주십시오. 저 근육맨 아닙니다."

"아니긴. 이리 와!"

"저 근육맨 정말 아닙니다. 저는 근육맨 친구입니다. 그 놈에게 부탁을 받고 나온 겁니다."

근육맨이 살기 위해서인지 부탁을 받고 나왔을 뿐이라고 변명을 했다.

뚜둑.

"나야 상관없지. 관객들도 많은데, 그냥 갈 수는 없잖아? 빨리 현피 뜨자."

"저놈이 진짜 근육맨입니다."

변명을 하던 근육맨이 갑자기 손을 뻗으며 한쪽을 지적했다.

타다다닥.

지적을 받은 사람이 달리는 속도를 높였다.

진짜 근육맨은 이미 정수의 등장 이후에 슬슬 도망가고 있었다. 이제는 거리가 너무 멀어서 정수가 경공을 쓰지 않고는 쫓아갈 수가 없을 정도였다.

어느새 진짜 근육맨은 코너를 돌아 모습이 보이지 않았다.

"뭐가 이래?"

"우리가 하는 일이 다 이렇지 뭐."

"진짜 키보드 워리어일 뿐이구나."

"완전 용두사미네."

"학원도 째고 왔는데 이게 뭐야?"

"잉여들이 그렇지 뭐. 열심히 공부해서 저렇게 되지 말자."

"그래도 나라도 도망갔겠다."

"이해는 된다."

"그런데 우리도 도망가야 하는 것 아니야?"

"난 댓글 안 달았어."

"정말 애들 푸는 것 아니야? 정말 조직 분위기잖아."

갑작스런 사태에 여기저기 웅성거리는 소리가 들렸다.

사태가 반전을 거듭하며 흥미를 높였지만, 끝이 너무 허무했다.

갑작스런 사태에 정수도 황당했다.

급히 서울까지 올라왔는데 똥개 훈련을 한 셈이 된 것이다.

그래도 시간도 많이 썼고 칼도 빼 들었는데 이대로 허무하게 물러갈 수는 없었다.

"이것들이 장난하나? 일단 한 대씩 맞자."

쩡!

"컥!"

정수는 일단 눈앞에 보이는 근육에게 일격을 가했다.

정수의 눈치를 보던 근육은 배를 잡고 쓰러져 숨을 헐떡였다.

"으으, 살려 주십시오."

"목숨만 살려 주십시오."

정수가 주먹을 휘두르자 한방고수와 형왔다도 주춤거리며 사정을 했다.

"한 방만 때릴게. 별로 안 아파. 나를 여기까지 오게 했으니 책임은 져야지."

쩡! 쩡!

"크어억~"

"아악~"

한방고수와 형왔다도 바닥에 쓰러져 고통에 몸부림쳤다.

"그리고 초딩인지 물어본 놈하고, 심장마비와 부의금 얘기 한 놈도 나와."

정수는 근육맨이 달아난 화풀이를 하려는지, 기억나는 댓글을 말하며 주인을 찾았다.

"허억!"

"헉~"

여기저기에서 놀란 소리가 들렸다.

슬금슬금.

정수가 언급한 댓글이 아니더라도 신나게 손가락을 놀렸던 사람들이 대부분이었다.

주변에 모인 사람들이 모두 슬금슬금 물러났다.

사람들의 겁먹은 모습에 정수도 정신을 차렸다.

정수도 사람을 괴롭히거나 패는 것을 좋아하지는 않았다.

단지 칼을 빼 들었는데 상대가 도망가서 다음 목표를 찾은 것뿐이었다.

"에이, 다들 입만 살아서는⋯⋯. 하여간 오늘 일은 이것으로 잊겠다. 근육맨도 봐줄 테니 인생 열심히 살라고 전해라. 잘나가는 내가 봐줘야지."

정수는 도망간 근육맨도 봐주며 사태를 마무리했다.

키보드 워리어들의 치명적인 집단 공격에 화가 나서 달려왔는데, 막상 이들의 모습을 직접 보니 의욕이 없어진 것이다.

초딩들도 끼어 있어 정수는 더욱 투기를 끌어 올릴 수가 없었다.

물론 초딩과 말을 섞어 보지 않아서 그런 것이다.

하여간 격투동 현피는 허무 개그처럼 마무리되고 말았다. 오덕과 잉여와 초딩이 모였으니 좋은 그림이 나올 리가 없기는 했다.

물론 정수에게 허무했다는 것이지, 지켜보던 관객들은 짜릿한 긴장과 공포를 느꼈다.

그리고 인터넷에서도 난리가 났다.

후기가 올라오자 여러 사이트에서 댓글이 폭발했다.

그래도 정수의 얼굴이 드러난 사진은 없었다. 현장에서 정수를 직접 봤으니, 감히 얼굴 사진을 올리는 간 큰 오덕은 없는 것이다. 사진은 현피 현장과 멀리서 찍은 사진만 올라왔다.

여러모로 화제가 될 수밖에 없는 현피라 모르는 네티즌들이 없었다.

격투동 현피, 한강에서 현피, 근육맨, 십덕후 같은 단어로 검색을 하면 수많은 글이 떴다.

그리고 당연히 신문에도 나게 되었다.

그래도 아직 단신이나 가십 정도였다. 사진이나 동영상이 없기 때문이다. 말은 많지만 증거가 없어서 가십으로 나오고 있었다.

그러나 누군가 동영상이라도 올리면 그냥 넘어갈 리는 없었다. 기사거리를 원하는 기자는 많았다.

정수가 처음으로 한국을 들었다 놓은 사건이었다.

물론 이것이 마지막은 아니었다.

정수의 성격과 실력을 고려하면 단지 시작이었다.

아주 가벼운 시작이었다.

정수의 거친 행보가 시작되고 있었다.

4
금괴 거래

和療手遇西山

蹢跼行路歲以錢之

春秋六十有二其年春秋六十有二其年

辭此下方觥乾他方辭此下方觥乾他方

路賢人同鬼神所

永□三年乙廿一日

路賢人同鬼神所

原其□西山之

정수는 허무한 현피를 끝내고 은정과 자주 만나던 신촌으로 향했다.

다른 이유로 서울에 왔지만, 은정을 안 보고 돌아갈 수는 없었다.

차차 이성이 돌아오자 지하철을 타고 가며 메신저로 은정에게 연락을 했다.

나 서울, 오늘 만날 수 있어?

서울? 정말?

응, 갑자기 친구를 만나기로 해서 올라왔어.

친구? 친구가 있어?

인터넷에서 만났어.

으응, 채팅 너무 많이 하지 말고.

친구를 만나러 서울에 왔다는 정수의 말에 은정이 의문 부호를 보냈다.

확실히 정수에게는 친구가 없었다. 주변에 또래가 없으니 친구를 사귈 수가 없던 것이다.

그래도 인터넷에서 만났다는 말에 은정은 자세히 묻지는 않고, 채팅 중독만 걱정을 했다. 정수가 서서히 인터넷 폐인 증상을 보이고 있기 때문이다.

오늘 만날 수 있어?

모임이 있는데.

기다렸다가 집에 데려다 줄게. 이쁜이 혼자 보내기는 너무 위험해.

그런데 은정이는 선약이 있었다.

그래도 정수는 바로 기다린다는 말을 했다. 사랑에 눈이 멀어서 밤새 기다릴 수도 있었다.

그리고 솔로들의 속을 뒤집는 닭살 멘트도 보내며 사랑을 과시했다.

기다리기는. 그냥 같이 만나. 친구도 몇 명 있는 자리니 괜찮을 거야.

응응. 어서 갈게.

학과나 동아리 같은 모임인 것 같았다.

그래도 정수를 참석시키지 못하는 자리는 아니어서, 오라는 말을 했다.

정수는 방방 뛰며 지하철이 왜 이리 늦는지 한탄을 하며 달려갔다.

· 장소는 은정 일행이 자주 들르던 카페 겸 술집이었다. 대부분 자주 가던 곳에서 모임을 열기 마련이라, 정수도 금방 찾을 수 있었다.

"정수야, 이쪽."

술집에 들어가자 은정과 민주가 정수를 반겼다.

모임에는 20여 명이 모여 있었다. 영어를 공부하는 스터디 모임이었다.

이제는 스펙에서 영어가 가장 중요해 동아리나 학회에 가입은 안 해도 영어 스터디에 들어가는 대학생이 많았다.

그래도 느슨한 모임이라 정수도 끼어들 수 있었다.

"인터넷으로 친구를 만났다고?"

"으응, 네가 알려 준 방법으로 인터넷을 하고 있어."

"너무 빠지지는 말고."

"응. 어차피 노트북 배터리 때문에 조금씩만 하고 있어."

그런데 염장 모드에 민주가 속이 뒤틀리는지 끼어들었다.

"하여간 애에게 이상한 것만 가르쳐."

"이상하다니. 컴퓨터 가르치는 게 이상한 거야?"

"산에서 수련해야지, 무슨 인터넷이야. 그리고 매일 메신저도 하고 있잖아."

"요즘 이 정도야 다들 하잖아."

"정수야 유니크하잖아. 나쁜 물 좀 그만 들여."

"부러워서 그러지? 하여간 우리나라는 남 잘되는 걸 못봐."

은정과 민주는 평소처럼 투탁거리고 있었다.

정수도 은정 편을 들며 끼어들었다.

싸울 때는 애인 편을 들어 줘야 했다. 괜히 상황을 판단해 옳은 편을 든다고 상대편에 동조하면 후환이 무궁무진했다.

"요즘 인터넷은 필수지. 은정이가 잘 가르쳐 줘서 나도 문화 생활을 하고 있어."

"그렇지? 호호, 요즘 내가 잘 가르쳐 주고 있지."

정수의 지원 사격에 은정이 승리의 웃음을 지었다.

"으득. 연애는 공부의 적이야. 너 그러다 토익 900 못넘는다."

대학생에게 토익 점수는 아킬레스건이었다. 취직을 하든

진학을 하든 영어는 필수였다.

은정과 정수의 합동 공격에 민주는 연애보다 공부를 하라고 반격을 했다.

그러나 은정에게는 정수라는 실드가 있었다.

"괜찮아. 나에게는 정수가 있잖아."

으득으득.

민주는 또다시 이만 갈게 되었다.

"그래, 내가 있잖아. 내가 집도 짓고 있어. 서울에도 집이나 하나 사 둘까?"

은정이 민주에게 반격하기 위해서인지 닭살 멘트를 날렸다.

은정의 말에 정수도 기분이 좋은지 화답을 했다. 그러면서 집을 언급했다.

정수도 결혼하려면 집은 필수라는 기사와 글을 많이 봤다. 말이 나오자 최 변호사가 분주히 움직여 짓고 있는 집을 언급했다.

으드득.

정수가 집까지 언급하자 민주의 이 가는 소리가 커졌다. 은정도 정수에게 살짝 기대며 눈웃음을 쳤다.

민주의 도발로 시작된 전투는 은정의 압승으로 끝났다.

"얘는 누구냐?"

그런데 새로운 얼굴의 정수가 와서 여자들과 화기애애하

게 있자 끼어드는 남자가 있었다.

"내 남자 친구."

"헤헤."

은정이 정수의 손을 잡으면 남자라고 선언했다.

민주의 도발 때문인지 오늘 유난히 과감한 은정이었다.

정수는 하늘을 나는 기분에 바보 같은 웃음만 짓게 되었
다.

"아~ 얘가 정수구나. 소문은 들었다."

친구들이 수다를 안 떨 리가 없으니, 정수에 대한 소문은
많았다.

그런데 연애를 하다 보면 태클이 있기 마련이다.

"그런데 정말 연하를 사귀려고?"

"선배가 상관할 일은 아니죠."

"전에 공부한다고 남자 사귈 시간이 없다고 했잖아. 얘
보다는 내가 낫지 않아?"

그런데 분위기가 이상했다. 남자는 은정에게 껄떡대고
있었다.

정신 못 차리던 정수의 눈빛이 한순간 변했다. 자신의 여
자에게 접근하는 수컷은 남자의 피를 끓어오르게 하기 마련
이다.

상대는 정수를 어리게 봐서인지 전혀 신경 쓰지 않은 채
작업을 걸고 있었다.

물론 치명적인 실수였다.

"어디서 내 여자에게 껄떡여? 꺼져!"

"아니, 어린놈이?"

"한 대 맞고 울지 말고, 그만 꺼져라."

"하여간 요즘 애들이……."

"그만해, 정수야. 정 선배도 그만 가시죠."

"선배, 술 취했어요? 저쪽으로 가요."

"에이, 남자나 여자나 영계만 좋아해. 그런 취향인지 몰랐다."

분위기가 험악해지자 은정과 민주가 끼어들었다.

선배라는 사람도 이런 자리에서 일을 벌일 정도로 취한 것은 아니라 뒷말만 남기고 물러났다.

"아니, 한방 거리도 안 되는 놈이!"

"정수야, 참아. 사람을 때리면 안 돼!"

"내가 은정이 때문에 참는 거야."

"그래, 은정이 보고 참아라. 사람 때리면 호적에 빨간 줄 가."

"괜찮아요. 개값 물면 되죠. 그리고 내 변호사를 부르면 돼. 로펌 변호사야."

"호호, 변호사? 애가 미드를 너무 봤네. 우리나라는 변호사들 콧대가 높아서 경찰서에서 불러도 안 와. 은정아, 정수 좀 잘 가르쳐라. 사회 생활을 드라마로 배우는 것 같은데, 좀 위험하다. 내가 메신저질 뭐라고 안 할 테니 맘껏 가르쳐라."

"내게 꼬리 흔드는 변호사 있어. 은정이도 뭔가 일이 생기면 전화해. 내가 변호사 보내 줄게."

"호호, 그래. 하여간 상식 교육은 해야겠다."

"완전히 물가에 내놓은 애 같다니까."

"진짠데……."

곧 술자리가 끝나게 되었다.

그저 한 번 모여 친분을 다지는 자리라 오래가지는 않았다. 친한 사람들끼리 2차를 가기도 하지만, 사람이 많은 만큼 끼리끼리 흩어졌다.

여자들은 특별히 친분이 있지 않으면 대부분 집으로 돌아가고 있었다.

정수도 은정을 데려다 주기 위해 같이 움직였다.

그런데 또 방해가 있었다.

끼익.

갑자기 차가 앞을 막았다.

"태워다 줄까?"

아까 은정에게 집적대던 선배였다.

그래도 앞을 막은 차는 제법 고급이었다. 태워 준다며 자신있게 앞을 막을 만했다.

"됐어요. 정 선배의 사냥 리스트에 오르고 싶지는 않네요."

"너 말고 민주 말이야. 넌 영계 좋아하잖아. 민주야, 타라."

"선배, 음주운전이죠? 이거 신고할까?"

"쳇, 튕기기는."

부릉.

"저놈이? 정말 개값 물까?"

"괜찮아. 원래 저런 사람도 있어."

"저런 놈을 왜 상대하는 거야? 그리고 왜 꼬박꼬박 선배라고 하는 거야?"

"사회생활이라는 그래. 싫어도 예의를 차리며 해야 하는 게 많아."

"그래, 살다 보면 성질 돋우는 사람은 많아. 일일이 싸울 수는 없으니, 그냥 잘 넘겨야 돼."

정수가 화를 많이 내자 은정과 민주가 가르친다는 심정으로 참고 넘기라고 알려 주었다.

"하여간 또 저러면 말해. 내가 애들 풀어서 묻어 버릴게."

"호호, 애들을 풀어? 이번에는 조폭 영화인가? 은정아, 네 책임이 막중하다. 잘 좀 가르쳐라."

"내가 거둔 애들이 좀 있어. 전화 한 통이면 저놈은 바로 용궁 구경 가는 거야."

"호호호, 기분 풀라고 농담도 하네? 알았어. 또 저러면 전화할게. 내게 저래도 애들 보내 줄 거지?"

"응, 바로 보내 줄게. 저런 놈은 내가 애들 풀어서 무료로 처리해 줄게."

"호호, 말만으로도 고맙다. 그럼 먼저 갈게."

정수가 애들 푼다는 말에 민주가 웃으며 먼저 집으로 갔다.

그런 뒤, 정수도 은정이를 택시에 태워 바래다 주었다. 택시 안에서 은정이 정수의 팔짱을 끼고 기대 왔다.

오늘 공개적으로 남자 친구라는 선언도 해서인지 조금 더 진도가 나갔다.

"그런데 너무 늦었는데, 오늘 밤엔 어떡하려고? 집에 갈 거야?"

"찜질방이나 가 보려고. 아직 찜질방도 못 가 봤거든."

"그래? 으음, 소지품 조심하고."

정수가 찜질방에서 밤을 보낸다는 말에 은정은 잠시 머뭇거렸다. 속에서 복잡한 생각이 오갔지만, 정수는 알아차리지 못했다.

그래도 남자니까 찜질방에서 쉬어도 큰 문제는 없었다. 은정은 소지품을 잘 간수하라는 당부만 했다.

은정은 가는 길에 몇 번 가 봤던 찜질방을 가리키며 저곳이 좋다고 알려 주었다.

정수는 은정을 데려다 주고 신기한 찜질방으로 가서 탐험을 하다가 사람들 틈에서 잠을 잤다.

아무리 사고를 많이 치는 정수라도 찜질방에서는 사건이 없었다. 밤이라 다들 자고 있기 때문이다.

정수는 다음 날 아침에 은정이와 만나 아침을 먹고 학교까지 데려다 주고 속리산으로 내려갔다.

은정을 만날 기회를 절대 놓치지 않는 정수였다.

그리고 정수에게도 일거리가 생기게 되었다.

휘하에 거둔 부하들이 문자를 보낸 것이다.

촉새가 금 거래 약속이 잡혔다고 문자를 보내 왔다.

워낙 액수가 크니 부하들이 정수를 부른 것이다.

30억 거래인데 인원이 세 명밖에 없으니 안심이 될 리가 없었다.

"어라, 내일이네? 그런데 어떻게 하지? 귀찮은데, 그래도 나가 봐야겠지."

문자를 확인한 정수는 재미 삼아 나가 보기로 했다.

"오, 형님에게 문자가 왔다. 나오신단다."

정수의 문자가 오자 촉새는 안도를 했다.

"휴, 다행이다."

"역시 전국구. 30억을 맡겨 두고 신경도 쓰지 않네."

"그럼 애들은 안 불러도 되겠다. 공연히 잡놈들 부르면 소문날까 걱정했는데, 고민을 덜었네."

"최 사장이 중간에 있는데 설마 뒤치기하겠냐? 최 사장은 형님 실력 알잖아."

젊은 세 명이 인맥이 넓을 리가 없었다.

촉새는 정수에게 호되게 당한 최 사장에게 부탁해 자금 세탁을 하는 조직과 연결을 했다.

"믿을 놈이 없어 사채업자를 믿냐? 요즘 권총도 많은데 모험을 할 수도 있지."

"권총? 총 소리 나면 조직이 거덜 나는데 쓰겠냐?"

"뜨내기들은 쓸 수도 있지. 그래서 내가 가스총과 엽총을 미리 준비하지 않았겠냐? 저쪽이 권총 같은 것 내밀면 내가 엽총으로 날려 버릴게."

"좀 위험하지 않냐?"

"차라리 조직은 예측이 가능한데, 밀수나 자금 세탁하는 놈들은 위험해. 그놈들은 언제나 외국으로 튈 준비가 되어 있는 놈들이잖아."

"하여간 형님도 온다니 주먹으로는 밀리지 않겠다."

"형님은 형님이고, 우리도 준비를 철저히 해야 해. 얕보이면 그쪽에서 그냥 먹겠다고 덤빌 수도 있어."

"알았어."

세 사람은 이런 큰일은 처음이라 잔뜩 긴장하며 준비하고 있었다. 긴장이 과도해 엽총까지 구해 각오를 다지고 있었다.

아무리 그래도 총까지 나올 일은 없었다.

대한민국은 총이 등장하면 방송이 난리를 치고 대통령까지 나서는 사회였다. 조폭들도 총의 파급력을 두려워해 정말 쓰지는 않았다.

세 사람도 그 정도는 알지만 잔뜩 긴장해서 할 수 있는 모든 준비를 하고 있었다.

대전에서는 조금씩 전국구에 대한 소문이 퍼지고 있었다. 물론 정확한 정보는 아니고, 뜬소문 수준이었다.

역시 사람 입을 완전히 막는 방법은 무덤뿐이었다.

대전의 조직들은 용역 사무실이 진원지라는 것까지 알게 되었다.

그래도 조직들도 자세한 정보는 모르고 있었다. 그저 조용히 살려는 전국구가 용역 사무실을 열었다는 정도였다.

정보를 흘린 자도 후환을 우려해 조직이 듣기 원하는 수준만 흘린 것이다.

술집 같은 것도 아니고, 용역 사무실이라 조직들도 깊이 파고들지 않았다.

그 정도면 말 그대로 조용히 살려고 애들 심부름이나 시키겠다는 의미였기 때문이다.

그래도 용역 사무실의 세 명에 대해서는 항상 주시하고 있었다. 언제 구역을 차지하려고 움직일지도 모르기 때문이다.

용역 사무실이 있는 지역은 유성파의 구역이었다.

그래서 유성파의 중간 보스인 유승철이 감시 임무를 맡고 있었다.

그런데 세 명이 부지런히 움직이자 유승철의 부하들이 낌새를 채게 되었다.

중간 보스이지만 유승철은 회장님 의자에 앉아 보고를 받고 있었다. 조폭들은 체면 때문인지 돈이 없어도 자동차와 가구는 최고를 쓰고 있었다.

유승철에게 보고하는 부하도 조직원보다는 엘리트 분위기가 났다. 조직이라는 것을 몰랐다면 사장에게 보고하는 비서로 봤을 것이다.

"형님, 용역 사무실 놈들이 무언가 거래라도 준비하는 것 같습니다. 잠깐 쓸 애들도 알아보고 무기도 구하고 있습니다."

"금이냐?"

"최 사장과 자주 연락하는 것을 보면 그런 것 같습니다."

"최 사장도 소화하지 못하고 거래를 하려는 것을 보면 액수가 크겠군."

"형님, 어떻게 하시겠습니까? 실탄이 생기면 전쟁에 나설 수도 있습니다. 거래가 끝나면 덮쳐야 할 것 같습니다."

"아직 누군지는 모르고?"

"용역 사무실 놈들도 이름은 모르는 눈치입니다. 여자들을 시켜 술집에서 살살 구슬려 봤는데, 취해도 그분이라는 말만 합니다."

"어우, 골치야. 조용히 살려면 시골이나 가지 왜 여기에 자리를 잡아서……."

"큰형님께 보고하시겠습니까?"

"정말 전국구면 돈이 필요하지는 않아. 전국구면 최 사장 같은 전주를 잡고 부하를 모아 조직을 재건하면 돼. 아무리 세상이 변했지만 전국구 정도면 작은 구역 정도는 쉽게 차지할 수 있어. 최 사장에게 가 보자. 일을 벌이기 전에 확인은 해야지."

"최 사장이 이 바닥을 뜰 생각도 한다는데……."

"그러니까 가서 물어봐야지. 최 사장도 문제가 생기는 것을 원하지는 않겠지."

전국구가 실탄을 확보하려 한다는 정보에 유승철은 직접 확인하기 위해 움직였다.

전국구에 대한 소문이 워낙 심상치 않기 때문이다.

지독한 사채업자인 최 사장이 전국구에게 두들겨 맞고 은퇴하려 한다는 소문까지 있으니, 그냥 지켜만 볼 수는 없었다.

곧 고급 승용차 세 대에 나눠 탄 10여 명의 조직원들이 사채업자 사물실로 향했다.

이런 움직임이 전국구에게 흘러갈 수도 있지만, 자세한 사정을 모르고 충돌하는 것보다는 나을 거라는 판단이었다.

"아니, 유 사장님이 여긴 웬일로?"

사채업자 사무실에 순식간에 유성파 조직원들이 밀고 들어갔다. 사무실에 있던 해결사들은 잔뜩 긴장한 채 모여 서서 눈치를 살폈다.

사채업자인 최 사장은 이 구역을 장악한 유성파에 상납하고 있었다.

그런데 그동안 신경을 거스른 것도 없는데, 유성파가 갑자기 밀고 들어온 것이다.

그래도 중간 보스인 유승철이 등장하자 최 사장이 나와 맞았다.

"사장실로 들어가지."

"네."

유승철은 조용히 대화하자는 듯 사장실로 들어가 자리에 앉았다. 자신의 자리를 뺏긴 최 사장은 조용히 눈치를 살폈다.

"최 사장, 지금 대전에 전국구에 대한 소문이 파다해."

"네, 저도 들었습니다."

'시발, 누구 불은 거야? 그냥 공구리 쳤어야 했는데……'

"전국구에게 최 사장이 실탄을 공급한다는 소문도 있어."

"절대 그런 일은 없습니다."

"그럼 금괴 거래는 뭐야?"

유승철은 바로 핵심을 짚으며 물었다. 어차피 전국구의 의도를 알기 위해 온 자리였다.

유승철의 눈빛에 최 사장도 더 이상 숨길 수 없다는 것을 알았다. 이제는 사실대로 말하고 문제를 덮어야 할 상황이었다.

"오해입니다. 그냥 사실대로 말씀드리겠습니다. 저도 모르고 건드렸다가 엄청 얻어맞고 경고를 받았습니다. 정말 그냥 조용히 살려는 분입니다. 솔직히 조직을 재건하려 저를 거두면 되지 않습니다. 지금 그 자리에서 제 목을 잡고 공중으로 들어 올렸습니다. 그때 회유를 했으면 저도 무릎 꿇을 수밖에 없었습니다. 대신 조용히 살겠다며 경고만 하고 돌아갔습니다."

"그건 소문으로 나도 들었고, 금괴 거래는 뭐야?"

"은퇴 자금 같습니다. 좀 금액이 크기는 하지만 제 목만 잡고 흔들었어도 쉽게 얻을 수 있는 돈입니다. 금을 팔아서 노후 자금으로 쓰려는 것 같습니다."

"딴 뜻을 없어 보였고?"

"조직을 재건하려고 했으면 소문이 이렇게 퍼지도록 조용히 있었겠습니까? 솔직히 그분이 제 목을 잡았을 때 움직였으면 유성파도 무사하지 못했을 겁니다."

최 사장은 유성파도 위험했다는 말을 하며 전국구의 실력에 대해 사실대로 말했다.

"그 정도였나?"

"저도 이 바닥에서 잔뼈가 굵은데 그 정도 실력은 처음 봤습니다. 그 살기 넘치는 찢어진 눈빛만 아니었으면 바로 형님으로 모시고 대전 통합에라도 나섰을 겁니다."

"최 사장께서 그런 생각까지 하셨나?"

"그냥 그 정도라는 의미입니다. 하여간 그분을 치시려면 저는 다 포기하고 외국으로 뜰 테니 미리 알려나 주십시오."

"어허, 최 사장이 그쪽과 연결된 유일한 끈인데 그러시면 되나. 나도 공연히 평지풍파를 만들 생각은 없습니다. 우리도 멀리서 지켜만 보겠습니다. 하여간 최 사장께서 그쪽 편은 아니라는 것은 잘 알겠습니다. 그쪽에 변화가 있으면 빨리 알려 주세요."

유승철은 최 사장이 전국구 편이 아니라는 확신이 들자 말을 높이며 살살 구슬렸다.

일단 이곳에 온 목적은 달성한 셈이었다.

아직은 공연히 건드릴 필요는 없는 상황임을 파악한 것이다.

촉새는 유성파 같은 조직의 움직임을 전혀 모르고 있었다. 인맥도 경험도 없으니, 조직들의 움직임을 알 수가 없었다.

유성파의 직접 심문을 받은 최 사장도 문제를 키울 수 없어 입을 닫았다.

일단 조직들이 조용히 있게 된 것이 중요했다.

용역 사무실의 식구들은 대로 한편에 봉고를 세워 정수를 기다렸다.

"형님!"

"이상은 없지?"

정수가 부하들과 접선을 했다.

"네. 계획에 이상은 없고, 준비도 철저히 했습니다. 혹시 몰라 엽총도 준비했습니다."

"엽총?"

"지금 세탁하는 놈들은 사고 치고 외국으로 튈 수도 있으니 철저히 준비했습니다."

"총은 위험한데……."

총이라는 말에 정수도 움찔했다.

총알을 피할 자신은 없기 때문이다.

"저쪽도 총이 있어도 쓰지는 않을 겁니다. 총소리 나면 나라가 뒤집히는데, 섣불리 쓰겠습니까? 저놈들이 총으로 위협할지 몰라 준비만 한 겁니다."

"음, 저쪽이 총까지 쓰면 금은 포기해도 된다. 얼마 하지도 않으니 목까지 걸 필요는 없어. 나중에 천천히 뒤를 조사해 이자까지 받아 내면 된다."

"네. 그냥 준비만 한 것이니 너무 염려 마십시오."

엽총을 보고 정수도 조금 긴장을 했다.

그리고 크게 아쉬울 것이 없어 위험하면 금은 포기하라는 말을 했다.

부하들은 목숨을 걸 필요는 없다는 말에 조금 안심했다. 여차하면 총을 쏘라는 말보다는 부담이 없기 때문이다.

곧 봉고는 폐차장으로 들어갔다.

사무실이나 커피숍 같은 곳에서 해도 되는데, 범죄자들은 꼭 이런 곳을 고집하고 있었다.

폐차장에는 중계자인 최 사장이 부하 두 명을 데리고 먼저 와 있었다. 부하들은 주변을 확인하고 있었다.

이 거래는 최 사장이 나서서 성사시킨 것이다.

전국구에 대한 소문이 퍼지고 있었다. 최 사장은 잘 봐달라는 차원에서 적극적으로 나섰다. 할인율도 최 사장이 나서 7%까지 낮췄다.

촉새는 봉고차에 내려 최 사장에게 다가가서 말을 나누

었다.

정수는 봉고차에서 머물며 주변을 살폈다. 옆에 있는 엽총 때문에 몸을 사리는 것이다.

철컥.

기다리던 정수는 호기심에 엽총을 살피며 총알도 만져보고, 장전도 하며 놀았다.

처음 보는 엽총이지만 영화에서 많이 보던 것이라 낯설지는 않았다. 총의 구조가 간단하고 지식도 있어, 사용방법을 쉽게 알 수 있었다.

'역시 무술은 쓸모가 없어. 고수라도 총 한 방이면 끝이잖아. 부적을 배우기를 잘했지. 돈이 있으니 부하들도 부릴수 있는 거잖아. 이 돈으로 조직을 더 키울까?'

엽총을 보며 정수는 자신이 익힌 무도의 무상함을 느꼈다.

'그런데 여기는 장애물도 많은데, 저기 숨어서 암기를 던지면 되겠다. 동전이면 충분하겠지.'

정수는 총을 상대할 방법을 찾다가 암기술을 떠올렸다. 정수도 특별히 배운 암기술은 없었다. 암기는 절기로 치지도 않는지 전해 오는 것도 없었다.

그래도 내공의 힘이 있었다. 동전에 내공을 실어 던져도 위력은 충분했다.

정수는 암기술을 떠올리며 총을 보고 잃었던 자신감을

되찾았다.

총과 정면으로 붙지만 않으면 이길 수 있다는 것을 깨달은 것이다.

건너편 통로에 불빛이 아른거렸다. 상대방이 나타난 것이다.

"난 저기 뒤에서 만일을 대비하겠다. 너희들은 심상치 않으면 금을 포기하고 차로 돌아와라."

"정말 위험하면 금을 포기해도 괜찮겠습니까?"

정수가 재차 위험하면 금을 포기하라고 하자 부하들도 재차 확인을 했다.

단지 긴장을 풀라는 말이 아니라고 느낀 것이다.

"어둠 속에서 나를 피할 자는 없어. 저놈들이 도발하면 지옥으로 보내 주지."

"대단하십니다, 형님."

"그럼 조심해라."

정수는 자세를 낮춰 땅을 기듯이 움직여 폐차된 차들 틈으로 사라졌다.

봉고차 두 대와 승용차 하나가 폐차장에 들어왔다.

차가 멈추자 십여 명의 사람이 내렸다. 차에 있는 숫자까지 15명은 되는 숫자였다.

"오랜만이오, 최 사장."

"오랜만입니다, 넙치 님."

금괴를 구입하려는 조직의 두목인 넙치가 최 사장에게 인사를 했다. 최 사장이 사채업자이니 자금 세탁 조직과도 연이 있던 것이다.

최 사장도 넙치에게 인사를 했다.

그런데 별명을 불렀다. 별명을 부를 정도로 친분이 있거나 서열이 높은 것은 아닌데, 별명을 부른 것이다.

최 사장이 별명을 부른 것은, 넙치가 자신의 별명을 좋아하기 때문이다. 뭐든지 삼킨다는 의미로 넙치라는 별명을 좋아하는 두목이었다.

"요즘 불경기라 우리도 힘들었는데, 좋은 거래를 소개시켜 주어 고맙습니다."

"서로 좋은 거래가 됐으면 합니다. 여기 금괴의 성분 분석표입니다. 99.9% 금이 아니라 저도 재차 확인했습니다."

촉새 대신에 최 사장이 나서서 거래를 시작했다.

넙치도 들어 본 적도 없는 촉새보다는 최 사장을 보고 나온 것이기도 했다.

"드릴밥은 우리도 분석했습니다. 요즘도 이런 금이 있다니, 어디 보물 지도라도 얻으셨소?"

"저야 중개하는 것뿐입니다. 그럼 이제 현금을 확인하겠습니다."

"너무 딱딱하게 그러지 맙시다. 내 거래 상대방은 저쪽 아닙니까?"

상대가 세 명뿐이라 그런지 넙치가 간을 보기 시작했다. 최 사장이 중개를 하니 문제를 일으키면 유성파와도 문제가 생길 수 있지만, 상대가 만만해 보이니 간을 보는 것이다.

"저를 믿고 단촐하게 나온 겁니다. 이러시면 곤란합니다. 이 건은 유성파도 아는 거래입니다."

"반으로 나누면 되지 않습니까. 애송이들이 땅에 묻힌 금덩이라도 캔 것 같은데, 반으로 나눕시다."

넙치는 상대가 워낙 만만해 보이는지 대놓고 반으로 나누자는 말을 했다.

30억이 넘는 거래에 달랑 세 명만 나온 것이 문제였다. 근처에 봉고라도 세워서 인원이 많다고 시위라도 해야 했다.

"유성파가 알고도 건드리지 않은 이유가 있습니다. 쉽게 삼킬 수 있었으면 저라도 욕심을 냈을 겁니다. 잘 생각하시고 어서 거래할 현금을 가져오십시오."

최 사장은 유성파까지 들먹이며 상대를 말렸다. 상식적으로 쉬운 먹이였으면 유성파가 먼저 먹기는 했을 것이다.

그러나 넙치는 문제를 일으켜도 잠적하면 그만이니 쉽게 포기하려 하지 않았다. 이래서 차라리 구역이 있는 조직이 상대하기 편한 것이다.

"쉬운 먹이를 보고 그냥 가면 내가 넙치가 아니지."

피잉! 피잉!

"아흑!"

그 순간, 욕심을 내던 넙치가 신음 소리와 함께 주저앉았다.

"뭐야?"

넙치의 조직원들이 순식간에 숨겨 둔 무기를 꺼내며 달려들었다. 사시미와 쇠파이프가 자동차 전조등에 비쳐 빛을 반사하며 혼란을 더했다.

그래도 넙치의 조직원들은 무슨 일인지 몰라 일단 넙치 주위에 모여 주변을 살폈다. 앞에 있는 세 명이 움직인 것은 아니니 주변을 살피는 것이다.

정수의 부하들도 갑작스런 사태에 잔뜩 겁을 먹고 몸을 돌려 봉고차로 도망가려 했다. 금을 지키겠다는 각오는 조금도 보이지 않는 몸짓이었다.

최 사장만이 주변을 살피며 평정을 유지하고 있었다.

"으윽, 이게 뭐야? 야! 펜치를 가져와."

"네. 야! 펜치 찾아봐!"

넙치의 말에 자동차에 있던 부하가 펜치를 가져왔다.

넙치는 자신의 종아리를 파고든 무언가의 끝을 펜치로 잡고 꺼냈다. 도망가지 않고 그 자리에서 응급처치하는 것을 보면 넙치도 독기가 넘쳤다.

"끄으윽~ 엉? 동전!"

넙치는 고통을 참으며 자신의 몸을 파고든 것을 끄집어냈다.

그리고 종아리를 파고든 것이 동전이라는 것을 알게 되었다. 조금만 더 파고들었으면 펜치로도 꺼내지 못하고 응급실로 가야 했을 것이다.

"끄으윽."

넙치는 재차 고통을 참으면 종아리에서 동전을 꺼냈다.

"그러게 내가 잘 생각하라고 하지 않았습니까? 어서 현금을 가져오십시오. 더 시간을 끌면 동전이 어디를 향할지 모릅니다."

"으윽, 요즘도 이런 고수가 있었나? 저놈들은 그냥 짐꾼이었군. 돈 가져와라."

"네, 형님."

넙치의 조직원이 돈이 든 가방을 가져오자 촉새도 눈치를 보다가 봉고차에서 금괴가 든 가방을 가져왔다.

최 사장은 넙치가 가져온 돈 가방을 확인하며 입을 열었다.

"돈은 이상없군요. 운이 좋은 줄 아십시오. 그분이 조용히 살려고 하시지 않았으면, 그쪽은 저기 압축기에서 쥐포가 됐을 겁니다."

"……."

최 사장의 말에도 넙치는 눈을 굴려 주변만 살피고 있었다.

촉새는 최 사장의 손짓에 돈 가방을 들어 봉고차에 실었다.

"그럼 먼저 갑니다. 그리고 괜히 소문내시면 그분이 찾아갈 수 있습니다. 내 긴말은 안 하겠습니다."

거래가 끝나자 최 사장도 차에 타 사라졌다.

"으음, 이 정도 고수는 사라졌는 줄 알았는데…… 우리도 그만 가자."

"네, 형님."

중간에 굴곡이 있었지만 거래는 뒷탈없이 이뤄지게 되었다.

정수가 숨어서 동전이나 쇳조각을 던졌으면 넙치의 조직원을 정리할 수 있었다.

그러나 돈이 그렇게 필요하지는 않으니 무리하지 않았다.

넙치가 움직이는 것을 보고 정수도 폐차장을 벗어났다.

다행히 촉새가 멀지 않은 곳에 봉고를 세워 기다리고 있었다.

"대단하십니다, 형님! 그게 암기술입니까?"

"시끄럽다."

"네, 형님."

"돈은 확인했냐? 추적기 같은 것은 없지?"

"강한 자기장을 한 번 쏘였고, 가방도 바꿨습니다. 추적기가 있어도 회로가 탔을 겁니다."

GPS 수신기를 인터넷으로 살 수 있는 세상이었다. 34억이 담긴 돈 가방에 추적기가 있어도 놀랍지는 않을 세상이었다.

정수가 돌아오자 부하들은 돈을 확인하며 준비한 가방에 옮겨 담았다.

좁은 봉고에 돈다발이 넘쳤다. 5만 원권과 수표가 아니었으면 봉고차가 돈다발로 꽉 찼을 것이다. 시민단체가 뇌물로 쓰인다는 이유를 들며, 5만 원권 발행을 반대한 것이 타당해 보이는 순간이었다.

"5천은 운영비로 빼고, 이건 보너스니 하나씩 가져라."

"감사합니다, 형님."

정수는 액수도 확인하지 않고 부하들에게 돈다발 하나씩을 던져 주었다.

5만 원권 돈다발이었으니 너무 큰 금액이었다. 위기에 바로 도망치려 한 부하에게는 과분한 보너스였다.

차라리 최 사장에게 보너스를 줘야 했다.

그러나 정수는 별생각 없이 손에 잡히는 대로 보너스를 주었다.

"저기 택시 있는 데에 세워라."

"네, 형님."

"큰 거래를 끝냈으니 당분간 조용히 있어라."

정수는 마지막 당부를 하고 내렸다.

정수는 택시를 여러 번 갈아탄 후, 속리산 자락으로 향했다.

그리고 산줄기를 타고 암자로 돌아갔다.

정수는 커다란 돈 가방을 뒤주에 넣고 신경을 끊었다.

애초에 돈 때문에 움직인 것은 아니었다.

부하도 생겼고 금덩이도 있으니, 그냥 처분해 볼까 해서 움직인 것이다.

그래도 이번 거래는 정수에게도 도움이 되었다.

정말 실전 감각을 느낀 것이다. 싸움은 없었지만 엽총을 본 순간에 느낀 위기감이 소득이었다.

위기감을 느끼자 자신이 쓸 수 있는 카드를 확인하고, 적을 상대할 방법을 궁리했다. 안전하게 숨어서 동전 두 개만 던진 싸움이지만 중요한 경험이었다.

정수는 수련장으로 가서 엽총을 보고 느낀 감정을 떠올렸다.

'이게 무인의 자각인가? 피나 실전을 겪어 봐야 한다는 의미가 이런 건가? 그런데 총 같은 것을 전혀 생각하지 않은 것은 실수야, 긴장감이 없었나? 하여간 총도 정면에서 상대하지만 않으면 된다. 일단 암기술이나 익혀 봐야지.'

세상 무서운 줄 모르고 설치고 다녔던 정수는 이제야 긴
장감을 조금 갖게 되었다.

거래를 주선한 최 사장은 유성파의 유승철을 찾았다.

이미 전국구가 드러났으니 잘 조율해 문제가 생기지 않
게 하려는 것이다.

"거래를 마치고 왔습니다."

"넙치가 그냥 거래했습니까? 듣기로는 정말 달랑 세 명
만 갔다는데……."

유승철도 넙치에 대한 소문은 듣고 있어 질문을 했다.

"그것 때문에 온 겁니다. 넙치가 욕심을 부렸다가 동전
구멍이 났습니다."

"동전 구멍?"

"어둠 속에서 동전 두 개가 날아와 넙치의 종아리를 뚫
었습니다. 동전도 암기가 된다는 것은 들었는데, 진짜 보기
는 처음이었습니다. 시끄러워지면 밤에 찾아온다는 말이 무
슨 뜻인지 알 수 있었습니다. 문제 안 생기게 조심해 주십
시오. 시끄러우면 저부터 죽습니다."

동전 암기라는 말에 유승철도 자세를 바로 하며 진지하
게 물었다.

"동전이 종아리를 뚫었다라? 어느 정도의 거리에서 얼마
나 살을 파고들었습니까?"

"어둠 속이라 거리는 모르겠고, 누구도 낌새를 채지 못했습니다. 동전은 펜치로 잡아서 꺼내야 했습니다. 넙치도 동전을 맞고는 군소리없이 거래를 마쳤습니다."

"그 전국구가 눈이 찢어졌다고요?"

"네, 눈이 날카롭게 찢어진 얼굴입니다. 하여간 문제가 생기면 곤란해서 이렇게 알리는 겁니다."

"알았습니다. 더 주의하도록 하겠습니다."

최 사장은 유승철에게 재차 조심해 줄 것을 당부하며 물러갔다.

"너는 동전을 암기로 쓴다는 전국구에 대한 소문을 들어 봤냐?"

"동전은 없고, 작은 검을 던진다는 청부업자에 대한 소문은 있었습니다. 암기술이 경지에 오르면 무기야 상관없지 않습니까? 그런데 정보로 판단해 보면 전국구보다는 청부업자나 특수부대 출신 같습니다. 전국구라면 이 정도 소문이 났으니 인사라도 오지 않았겠습니까?"

"그렇지. 최 사장 정도 되는 놈이 완전 기가 죽은 것을 보면 정말 살기가 있는 놈이겠지. 피 맛을 본 청부업자나 요원이겠지."

"출신이 어떻든지 건드리지 않는 것이 좋겠습니다. 송 사장이나 넙치를 충분히 잡을 수 있었는데 놓아준 것을 보면, 정말 조용히 살려는 것 같습니다."

"확실히 건드리기는 위험하지. 어차피 구역에 뜻이 없으면 우리와 부딪칠 이유도 없지. 그럼 용역 사무실 놈들에게 정보라도 집어 주고 선이라도 만들어 놔라. 나는 큰형님에게 가 보겠다."

"네, 그렇게 처리하겠습니다."

유성파는 정수를 먼저 건드리기에는 후환이 무서워 지켜보기로 했다.

물론 정수는 유성파 정도는 신경도 쓰지 않고 있었다.

5
소란

和瘠于遷西山　　不瘠于遷西人

避碩行路咸以餞之避碩行路咸以餞之

春秋六十有二其年春秋六十有二其年

辭此下方趣乾他方辭此下方趣乾他方

小淮三年乙廿一日　小淮三年乙廿一日勅

路賢人同鬼神而在　路賢人同鬼神而在

康其遺西山之重　　康其遺西山之重

총을 보고 위기감을 느낀 정수는 한동안 수련에 힘썼다.

그러나 세상의 유혹도 많고, 할 일도 있었다.

정수는 자신의 앞을 막았던 바람둥이의 차를 잊지 못했다.

그 순간 치욕감을 느낀 것이다. 바람둥이가 모욕을 남기고 멋진 차를 타고 떠났으니 기억이 선명했다.

정수는 돈이 많아도 차가 필요하다거나 사야겠다는 생각이 전혀 없었다. 차가 아예 없는 곳에서 살고 있으니 욕심도 생기지 않는 것이다.

그런데 바람둥이의 도발이 차에 대한 생각을 일깨웠다. 데이트에는 자동차가 필수라는 글도 생각나 결심을 북돋웠다.

그래도 차를 사려면 일단 운전면허증이 있어야 했다.

사실 세상을 살려면 운전면허야 필수였으니 생각난 김에 따기로 했다.

정수는 운전면허 시험장을 찾았다.

그리고 하루 만에 필기시험에 도전하게 되었다.

등록을 하자 담당자가 바로 다음 날 필기시험을 보라고 권했다. 얇은 문제집 하나만 읽어 보면 합격한다는 말에 정수는 밤새 문제집을 독파했다.

그리고 왜 담당자가 바로 시험을 보라고 권했는지 알 수 있었다.

정말 문제집을 읽어 보면 합격할 수준이었다.

나이 드신 분들이야 조금 시간이 걸리겠지만, 정수는 젊으니 담당자가 바로 시험을 권한 것이다.

'이래서 바로 시험을 보라고 했구나. 며칠만 공부하면 만점도 받겠다.'

정수는 합격을 확인하고 코스를 배우는 곳으로 갔다. 높은 점수는 아니지만 커트라인은 넘었다.

사람이 많지 않은 지역이라 면허 시험장도 한산했다.

정수는 바로 교습용 차를 탈 수 있었다.

"역시 젊어서 그런지 금방 배우네. 그리고 여기 있는 자국을 보고 하면 선을 밟지는 않을 거야."

통제가 느슨해서인지 요령이 판을 쳤다. 바닥에는 송곳

으로 긁었는지 희미한 자국이 보였다. 이걸 따라 운전하면 코스도 쉽게 통과할 수 있었다.

"이 정도면 하루 만에 되겠는데? 시간이 돈인 세상인데 서둘러 따야지."

교관은 정수를 슬쩍 띄워 주며 시간이 돈이라는 말을 했다. 급행비를 주면 편의를 봐주겠다는 의미였다.

정수도 그동안의 경험으로 행간을 읽을 수 있는 눈치가 있었다.

교관도 원래 젊은 사람에게는 운을 띄우지 않는데, 정수에게서는 부티가 났다. 최근 옷을 대량으로 샀는데, 돈이 넘치는 정수가 짝퉁을 살 리는 없었다.

정수도 교관의 말에 대꾸를 했다. 정수도 시간이 아깝지 돈은 차고 넘쳤다.

"시간이 돈이기는 하죠. 대기하고 순서를 기다리는 시간이 아깝기는 합니다."

정수는 5만 원권을 꺼내 세어서 백만 원을 건넸다.

'헉, 물주다!'

급행비라고 해도 편의를 봐주는 정도였으니, 용돈 정도였다.

그런데 정수는 생각했던 것보다 열 배를 더 썼다. 등록비보다도 큰 돈을 쉽게 준 것이다.

교관의 눈이 돌아가는 소리가 들렸다.

그리고 먹은 만큼 힘을 썼다.

원래 돌아가며 배우는데, 교관은 개인교사처럼 붙어서 끝까지 가르쳤다.

그리고 며칠 만에 장내 시험을 볼 수 있었다.

"역시 젊어서 빨리 배워. 이제 도로 주행을 배워야지. 그것도 다른 원생들과 교대로 배우면 며칠 나와야 할 텐데, 여기 김씨가 도로 주행 교관이니 잘 가르쳐 줄 거네."

돈을 먹은 교관은 도로 주행 교관을 소개시켜 줬다. 친한 건지 소개비를 받았는지 정수가 알 수는 없지만, 상관도 없었다.

"이걸로 음료수라도 사 드시고, 잘 부탁합니다."

정수는 또 백만 원으로 기름칠을 했다. 덕분에 도로 주행도 연속으로 배웠다.

교육생이 별로 없는 시험장이라서 그런지 약간의 편의는 서로 묵인하고 있었다.

물론 위험한 일이기도 했다.

실제 도로를 주행하는 교육이었으니, 천천히 제대로 교육받는 것이 좋았다.

그래도 정수는 젊은 사람답게 쉽게 적응해 갔다.

"아주 운전의 감이 좋습니다. 이렇게 빨리 배우는 사람은 처음입니다. 제가 먹은 것이 있어서 그런 것이 아니라 정말 빨리 배우고 있습니다. 아줌마들 가르칠 때면 정말 목숨이 위험한 경우도 많습니다."

교관은 연신 정수를 칭찬했다. 정수가 빨리 배우는 것이기도 했지만 기름칠을 했으니 띄워주는 것이다.

그러나 도로 주행 시험은 제대로 봐야 했다.

편의를 봐주는 것이지 불법을 벌일 정도로 시스템이 물렁하지는 않았다.

시험 감독관은 태블릿 PC를 가지고 있었다.

채점을 하면 바로 전송된다는 설명이었다. 편법이 많아서인지 시스템이 더 엄격해진 것이다.

그래도 틈은 있었다. 기름칠을 하면 저항은 줄어들기 마련이었다.

"감독관님, 제가 가르친 원생인데 잘 부탁합니다."

교관이 감독관에서 잘 부탁을 한다는 말을 하며 눈짓을 했다. 1, 2점이 당락을 가른다면 정수도 돈이 아깝지는 않았다. 감점 3점이 2점이 될 수 있으니 봉투를 건넸다.

기름칠도 했고, 정수의 운전 실력도 보통은 넘어 무사히 도로 주행 시험을 합격할 수 있었다.

정수가 세상을 잘못 배운 것인지, 제대로 배운 것인지 당장은 알 수 없는 일이었다.

시간은 절약했지만 운전을 제대로 배우지 못해 사고가 날 수도 있었다.

결과로서 과정을 평가하는 것이지만, 세상이 그런 식이

었다.

그리고 이런 것이 정수였다. 좌도에 탁월한 재능이 있고, 지름길로 주저 않고 가는 정수였다.

정수가 운전면허를 따는 사이 집이 완공되었다.

최 변호사의 독촉에 밤샘도 해서 서둘러 완공된 것이다.

집은 송 노인의 집처럼 부티가 났다.

정수는 서울에 다녀온 후 5억이었던 예산을 10억으로 늘려 부티 나게 지으라고 했다.

정수는 돈이 귀한 줄 모르니 자세한 사정은 신경도 쓰지 않았다.

그래도 최 변호사가 건축업자를 상대하며 돈을 관리해서 적당한 가격으로 진행을 할 수 있었다.

예산이 넉넉하고 최 변호사가 열성을 다해 매달리자, 아주 빠르게 부티 나는 집이 완성되었다.

새집에서는 옛날 허름한 집의 모습은 전혀 찾아볼 수 없었다. 개조 공사인데 아예 집을 새로 지은 것 같았다.

사실 새집이 맞았다.

넓은 지하실을 만들어야 했으니 옛날 집을 완전히 허문 것이다. 불법이지만 산골짜기까지 와서 감독할 공무원은 없었다. 또 요소요소에 돈을 찔러 주고 인맥도 움직여 쉽게 넘어간 것이다.

집은 정수의 요구대로 높은 담, 넓은 마당, 큰 지하실, 여러 개의 금고가 있었다.

최 변호사가 세심하게 신경을 썼는지 가구와 가전제품도 설치되어 있었다.

"혹시 몰라서 가전용품도 준비했습니다."

"잘했어요. 그런데 저건 뭔가요?"

"게임기입니다. 혹시 수련하다가 지치시면 휴식을 취하라고 준비했습니다."

"오오, 저게 게임기구나!"

최 변호사가 집사처럼 집을 안내했다.

그리고 정수의 마음에 들기 위해 아주 세심히 신경을 썼는지 게임기까지 있었다.

커튼과 방석 같은 것도 색깔이 잘 맞고, 인테리어도 아기자기하니 잘되어 있었다. 업자라도 고용해서 꾸민 것 같았다.

책상에 놓인 스탠드나 필기도구도 마련되어 있고, 책장에는 고등학교 과정의 책과 읽을 만한 것들이 있었다.

최 변호사는 정말 집사처럼 움직인 것이다.

"오오~ 좋네."

정수는 연신 좋다는 소리를 하며 집을 둘러봤다.

그리고 지하실로 향했다. 수련을 위해 지하실도 특별히 주문을 했다.

지하실로 내려가니 황톳빛이었다. 벽에 황토를 발라 마

무리한 것이다. 이런 마무리도 최 변호사가 지하실의 용도
를 짐작해 신경을 쓴 것이다.

지하실 한구석에는 수련에 쓸 수 있게 목인방과 통나무
도 있었다. 인체의 경맥이 있는 그림과 인형도 있었다.

검을 놔둘 수 있는 검대도 있고, 암기 같은 것도 준비되
어 있었다.

최 변호사가 무협 마니아로서 오버를 한 것이다.

그래도 분위기있는 인테리어에 정수는 좋아했다.

이런 것이 어린 정수의 수준에 맞는 것이다.

"이게 암기군. 이건 어디서 구하는 거지?"

정수는 중국산의 여러 암기와 닌자의 표창, 군대의 스로
잉 나이프까지 있는 암기대를 보며 신기해했다.

정수도 영화에서나 보던 것들이었다.

정수는 선이 아름다운 나이프를 들고 살폈다.

그리고 가볍게 힘을 써서 통나무를 향해 던졌다.

쌔엥~

퍼어억!

물론 정수 입장에서 가벼운 정도였다.

하지만 나이프는 자루만 보일 정도로 통나무에 파고들어
갔다.

"어헉! 암기술!"

당연히 최 변호사는 감격을 했다. 몸을 부르르 떨며 감격

해 눈물까지 흘릴 기세였다.

"암기술 정도는 아닌데……."

최 변호사는 정수의 신분과 실력, 집의 구조, 자금 사정까지 대부분 알고 있었다. 발경도 봤으니 가벼운 실력을 보이는 것에는 거리낌이 없었다.

정수를 잘 아니 이렇게 집도 정수에 맞게 꾸미기도 한 것이다.

정수도 앞으로도 많은 일을 맡길 최 변호사에게 약간의 비밀을 보여 주며 편히 대했다.

아버지 말대로 변호사에게 일을 맡기니 정말 편하기도 한 것이다.

지하실 한쪽에는 큰 금고가 여러 개 늘어서 있었다. 안전하게 보관할 물건들이 많으니 미리 주문해 둔 것이다.

금고는 지문과 카드, 비밀 번호의 복합형 잠금 방식이었다.

정수는 최 변호사의 안내로 지문을 등록하고 새로운 비밀 번호를 입력했다.

물론 비밀 번호는 쉽게 예상할 수 있었다. 비밀 번호는 은정이의 전화번호였다.

집과 금고가 생겼으니 정수는 은행에 보관해 둔 물건들을 찾으러 갔다.

정수는 최 변호사를 기사처럼 부리며 대전으로 향했다.

'오오, 저런 고풍스런 검이! 저 상자에는 뭐가 들었나? 저건 비급이겠지? 저 공책은 뭐지? 하여간 역시 고수! 저런 것이 문파에서 전해지는 비전과 보물이겠지.'

최 변호사는 정수 옆에서 짐꾼처럼 가방에 물건들을 담으며 눈을 굴렸다.

'오오오~ 역시 진짜 문파의 보물! 대단하다. 역시 무협지가 뻥이 아니었어. 나도 문하생으로 받아달라고 해 볼까?'

정수는 최 변호사에게 비급과 보물을 보여 주는 데 거리낌이 없었다.

이 중에서 정수가 중요하게 여기는 것은 천상검이 넘겨준 검과 천왕문의 비급뿐이었다.

다른 좌도의 노인들이 건네준 비급들은 호기심과 의무감에 익히고 있었다.

이 정도야 정수에게 중요한 것도 아니고, 큰 비밀도 아니었다.

그동안 최 변호사에게 보여 준 정도의 비밀 수준이었다.

정수는 최 변호사를 짐꾼으로 이용해 은행 금고를 비웠다. 그리고 여러 물건들은 지하실의 금고에 보관되었다.

"그럼 또 필요한 일이 있으면 부를게요."

"언제든지 불러만 주십시오."

최 변호사는 신분과 나이에 맞지 않게 굽실거리며 정수에게 인사를 하고 돌아갔다.

그래도 최 변호사는 그동안의 고생에 보답을 받은 기분이었다.

최 변호사는 첫사랑을 겪는 것처럼 하늘을 나는 기분을 느끼며 돌아갔다.

오늘 보게 된 비밀이 많았다. 열심히 봉사를 하니 정수도 편하게 비밀을 보여 준 것이다.

'얼른 눈에 들어서 나도 문파에 들어가야지. 나이가 많지만 속가제자는 될 수 있겠지. 영약도 먹고 내공도 만들어 검기도 써 봐야지.'

끼기긱.

한없이 공상에 빠졌다가 사고가 날 뻔했다.

'휴, 죽을 뻔했네. 내공이 생기면 경공으로 뛰어다녀야지.'

죽을 위기를 넘겼지만 최 변호사의 공상은 끝날 줄을 몰랐다. 사랑에 빠지면 눈이 돌아가는 것처럼, 평생 꿈에서 바란 것을 직접 보게 된 최 변호사도 살짝 미친 것이다.

늦바람이 난 셈이었다.

그리고 늦바람은 아주 무섭다는 말은 사실로 보였다.

집이 완성되었으니 집들이를 하는 것이 다음 순서였다.

그러나 정수는 딱히 초대할 사람이 없었다.

할머니가 있지만 산을 내려오지 않은 지 오래인 분이었다.

할머니 때문에 정수가 이 집을 구한 것일 수도 있었다.

나중에 할머니께 드리려고 지은 집이었다. 언제까지 절에 사실 수는 없으니, 무의식적으로 할머니를 떠올려 이곳에 지은 집이었다.

그리고 집들이로 은정을 초대하고 싶지만 아직 손잡는 것도 떨리는 시기였다. 키스라도 하는 사이가 되어야 집에 초대라도 할 용기를 낼 수 있었다.

부모님께 집을 지은 사실을 알리고 초대하는 것도 머뭇거리고 있었다. 부모님께는 단지 집을 구한다고만 했다.

그렇기에 부모님은 소박한 시골집이나 하숙 같은 것을 생각할 텐데, 실제로는 돈지랄이었다.

정수도 집을 실제로 보고 돈을 너무 썼다는 생각을 떠올렸다. 최 변호사가 심혈을 기울여 지은 집이라 드라마 세트로 써도 될 정도였다.

한마디로 집이 너무 좋아서 문제였다.

자식이 돈을 막 쓰는 것을 좋아할 부모는 없었다. 정수는 부모님께 꾸지람을 들을 것만 같아 초대를 못하고 머뭇거리고 있었다.

정수는 여러 생각을 하다가 그냥 폐인 모드로 들어갔다. 문명의 이기는 사람을 화면 앞으로 끌어들이는 마력이 있었다.

정수는 자신만의 집이 생기자 눈치 보지 않고 화면만 보는 폐인 생활을 하게 되었다.

집 안에는 배달된 음식 포장지와 게임기와 DVD 같은

것이 굴러다녔다.

절에는 아침과 저녁에만 들르고 있었다.

그래도 할머니 때문에 산에 오르며 수련을 조금씩은 하고 있었다.

그리고 드디어 사고가 터지게 되었다.

현피 현장에 있던 누군가가 동영상을 올린 것이다.

그래도 범죄자 같은 정수의 얼굴 때문에 이렇게 늦게 올라온 터였다.

그 덕분에 정수의 얼굴이 보이는 장면은 삭제되어 있었다. 변용한 얼굴을 직접 본 사람이라면 감히 그 얼굴을 드러낼 용기를 낼 수는 없었을 것이다.

변용한 얼굴이 드러나지는 않았지만 동영상이 공개되자 파급력은 컸다.

증거가 확실하니 가십이 아니라 정식 기사로 나온 것이다.

조폭, 키보드 워리어 진압.

조폭, 댓글에 화가 나 네티즌 구타.

조폭, 현피에 나서다.

현피에 초등학생도 등장.

인터넷 이대로 좋은가?

범죄가 넘치는 사이버 공간.

기사에는 아주 자극적인 제목이 달렸다. 세태를 걱정하는 제목의 기사도 있지만, 사람들의 시선은 저절로 자극적인 제목의 기사에 쏠렸다.

얼굴은 나오지 않지만, 공통적으로 십덕후가 아주 무섭게 생긴 범죄자라는 글 때문에 조폭이라는 타이틀이 붙었다.

그런데 동영상에는 정수가 가짜 근육맨과 한방고수와 형왔다를 한 방에 쓰러뜨리는 장면도 있었다. 현피의 절정인 장면이니 빠지지는 않았다.

문제는 폭력의 장면이 드러나자 경찰이 움직인 것이다. 많은 돈을 훔치는 화이트 칼라 범죄에는 약하면서, 폭력범에는 엄격한 것이 우리나라였다.

게다가 신문에 조폭이라는 타이틀도 휘날리고 있으니 당연히 경찰이 조사에 나섰다.

그리고 정수가 대포폰과 얼굴까지 변용했지만, 게시판에는 흔적이 남아 있었다.

덕분에 경찰은 금방 아이피를 추적해 통신사를 통해 휴대폰 번호를 확인했다.

띵동띵동~

집이 생기고 배달원 외에 처음으로 방문자가 생겼다.

"누구지?"

슈팅 게임에 몰입하던 정수는 벨소리에 누군지 생각을 했다. 한데 아무리 생각해도 찾아올 사람이 없었다.

외진 곳에 있어서 뭘 팔러 오는 사람도 없었다.

"그릇 가지러 왔나? 밖에 내놨는데."

잠시 고민하던 정수는 그릇을 가지러 온 배달원을 떠올렸다.

그러나 방문자는 상상도 못할 사람들이었다.

"누구세요?"

정수는 인터폰을 들어 화면에 비친 상대를 봤다.

그런데 배달원처럼 보이지는 않았다.

그리고 문 앞에는 한 명뿐이지만, 주변에는 세 명이 벽에 기대어 숨어 있었다. 방범 시스템도 고급이라 숨겨진 CCTV도 있어 문 앞을 자세히 볼 수 있었다.

수상한 모습에 정수는 상대의 정체를 물었다.

그런데 대답이 너무 의외였다.

—경찰입니다.

"경찰? 경찰이 왜요?"

—조사할 것이 있습니다. 김정수 씨 되십니까?

"그런데요."

—조사할 것이 있으니 문 좀 열어 보세요.

"신분증 좀 비춰 주세요. 세상이 험악해서……."

경찰은 순순히 신분증을 보였다.

"거기 옆에 숨어 있는 세 명도 좀 비춰 봐요."

—에이, 요즘 CCTV가 너무 좋아. 어디 숨겨져 있는 거야? 이거, 벌써 튄 것 아니야?

—뒤가 절벽이라 도망갈 곳도 없습니다. 여기만 잘 지키면 됩니다.

정수가 숨어 있는 사람들을 지적하자 형사들이 투덜거리며 모습을 드러냈다.

—김정수, 순순히 문을 열어라!

"뭔 일인데 그래요?"

—신분을 바꿔 타면 우리가 모를 줄 알았어? 다 알고 왔어. 아이피 추적하면 다 나와.

—사람을 팼으면 벌을 받아야지. 순순히 문을 열어.

—순순히 잡히면 명의 도용 건은 봐줄게.

—너, 사고 치고 잠수 타고 있는 거지? 사람 피곤하게 하지 말고 순순히 나와라. 도망갈 곳도 없잖아.

휴대폰 명의로 정수의 신분은 쉽게 확인할 수 있었다.

그러나 경찰은 정수의 나이와 사진을 보고는 명의 도용을 의심했다.

특히 정수는 학력도 없고 사회적 활동도 없었다.

사실 한국에서 초등학교도 안 간 사람은 없었다.

당연히 범죄자가 정수의 신분으로 바꿔 타기를 한 것이라 추측을 하고 있었다.

가족에게 확인하거나 조금만 더 조사하면 아니라는 것을 알 텐데, 의심이 확신을 심은 것이다.

'아, 아이피가 있었지. 그런데 명의 도용은 뭐지? 하여간 내 얼굴과 다르니 우기면 되겠지. 위험하면 최 변호사에게 전화하면 될 테고.'

정수는 경찰이 아이피를 언급하자 자신을 어떻게 찾았는지 알 수 있었다.

그래도 얼굴이 다르니 별로 걱정하지는 않았다.

"아이씨, 무슨 일인데 그래요?"

정수는 모르는 척을 하며 밖으로 나왔다.

띠릭.

"아저씨들, 정말 경찰 맞아요?"

정수는 정문을 열며 투덜거렸다.

"어? 너, 성형수술까지 했어? 주민증과 똑같네."

정수의 나이와 얼굴을 확인하자 형사들도 뭔가 잘못된 것을 알았다.

"반장님, 좀 이상한데요? 전혀 범죄자처럼 보이지 않습니다."

"반장님, 명의 도용이 아니라 대포폰인 것 같습니다. 이놈 전화를 누가 복사한 것 같습니다."

형사들은 바로 대포폰을 의심했다. 일부 범죄자들은 흔적이 안 남도록 타인의 휴대폰을 복사해서 쓰기도 하는 것이다.

그런데 상관에게 빨리 해결하겠다며 여기까지 내려온 반장은 그대로 물러나지 않았다.

"에이, 어쩐지 일이 쉽다 했다. 그런데 너는 어린놈이 학교도 안 가고 왜 이런 데 살아?"

"몸이 아파서 어려서부터 요양하고 있습니다."

"몸이 아파? 건장한 놈이 어디가 아파?"

"어릴 때는 많이 아팠어요. 부모님께 전화해 봐요."

"어린놈이 말대꾸는. 그런데 혹시 집에 범죄자를 숨겨두고 있는 것은 아니야? 이렇게 눈가가 찢어진 놈이야. 집도 큰데 그놈이 여기 숨어 있지?"

"집을 완공한 지 2주일도 안 됐어요. 그런데 누굴 숨겨 줘요?"

"음, 그렇기는 하구나."

아직 잔디나 조경수도 뿌리가 내리지 않았다. 조금만 살펴봐도 집이 지어진 지 얼마 되지 않은 것은 알 수 있었다.

"하여간 범죄자가 숨어 있을지도 모르니 수색 좀 해 보자."

와락!

반장은 허무하게 돌아갈 수는 없다고 생각했는지, 수색을 하겠다며 정수를 밀고 집으로 들어갔다.

"영장 같은 것 있어요?"

"어린놈이 싸가지는……. 뭔가 찔리는 것이 있는 것을

보니 역시 누굴 숨겨 주고 있구나. 빨리 수색해 봐."

"미드를 보면 영장이 있어야 한다는데……."

"어린놈이? 법대로 해! 요즘 애들은 공권력이 무서운 줄 몰라."

반장의 지시에 형사들이 우르르 집 안으로 들어갔다.

범죄자가 도망갈 여지를 주지 않으려는지 신발도 벗지 않은 채 들어갔다.

그래도 집은 별로 더럽히지 않은 셈이었다. 거실과 방 안은 돼지 우리였다. 치우고 잔소리하는 엄마가 없으니 당연한 결말이었다.

"쓰레기장이네."

"완전 골방폐인 집이네."

경찰이 우격다짐은 밀고 들어오자 정수도 순간 손을 쓰지 못했다. 경찰을 팰 수는 없기 때문이다.

"흐음."

정수는 불법으로 밀고 들어온 경찰들이 지저분한 거실에 놀라 멈춰 서 있자 조금 부끄러운지 헛기침을 했다.

그리고 법대로 하기 위해 움직였다.

"어디 보자, 최 변호사 명함이 어딨나? 법대로 해야지."

"변호사?"

"법대로 하라면서요? 아, 여기 있군. 아차 휴대폰에도 번호가 저장되어 있었지? 게임을 너무 했나? 요즘 머리가 안 돌아가네."

형사들은 변호사라는 말에 그대로 굳어서 정수가 명함을 찾아 전화하는 것을 지켜봤다.

띠링.

"최 변호사님, 다른 것이 아니라 경찰들이 무슨 범죄자를 찾는다며 집에 밀고 들어왔습니다. 소속이요? 그건 잘 모르겠고, 하여간 경찰은 맞는 것 같은데…… 영장이요? 그건 필요없다며 법대로 하라고 해서……."

정수는 형사들의 간을 콩알만 하게 만드는 통화를 했다.

"소속이 어디예요?"

"정말 변호사에게 건 거야?"

"여기 변호사예요. 하여간 소속 좀 알려 줘요."

정수는 최 변호사의 명함을 건네며 형사들의 소속을 물었다.

"헉! 로펌!"

변호사라고 모두 힘이 있는 것은 아니었다.

자신들이 불법으로 밀고 들어왔지만 변명의 여지는 많았다. 집 안에 수상한 자가 보였다거나, 범죄자를 숨겨 준 혐의가 있다는 등의 변명을 하면 크게 문제될 것은 없었다. 수사를 하다 보면 자주 있는 일이었다.

그러나 상대가 힘이 있다면 상황은 달랐다. 명함에서 제일로펌이라는 글을 본 반장은 숨이 넘어가는 신음을 토했다.

장차관들도 퇴임을 하면 가는 곳이었다. 얼마 전 퇴직한 경찰 고위층도 제일로펌에 들어갔다. 전화 한 통이면 불법을 저지른 형사의 목은 간단히 날릴 수 있는 곳이다.

부하들은 벌써 슬슬 물러나 마당을 가로질러 달아나고 있었다.

"이거, 제가 큰 실수를 했습니다. 진심으로 사과드립니다. 그럼 편히 쉬십시오."

반장도 진심으로 사과의 말을 하며 몸을 돌려 달아났다. 다행히 소속과 이름을 밝히지 않아 사과를 하며 몸을 뺄 수가 있었다.

물론 소용없는 일이었다. 방범 시스템이 고급인데 녹화 기능이 없을 리가 없었다.

그래도 정수도 일을 키울 생각은 없었다.

"사과하고 그냥 가네요. 네, 녹화되고 있죠. 그래도 소란은 싫으니 됐습니다. 그럼 또 일이 생기면 전화하겠습니다."

경찰은 로펌이라는 단어로 쉽게 퇴치할 수 있었다.

그래도 아직 찾아올 사람은 많았다.

띵동띵동~

다음 날, 또 벨이 울렸다.

"설마 또 경찰은 아니겠지?"

정수는 또 경찰의 방문일까 생각하며 인터폰으로 방문자

를 확인했다.

방문자는 정씨였다. 정수가 천왕문의 비전을 이은 후에는 사형제로 하기로 했으니, 이제 정 사형으로 불러야 했다.

그나마 사형으로 대우하는 것도 정수가 배려한 것이다. 원래 비전을 잇지 못하면 제자 취급도 받지 못하는 것이 관례였다.

정씨의 등장에 정수는 대문을 열었다.

"음, 좀 치우기는 해야 하는데……."

어제의 소란을 겪었어도 거실은 여전히 지저분했다. 골방폐인이 청소를 할 리는 없었다. 은정이라도 찾아온다고 해야 대청소를 할 것이다.

정수는 대문을 열고 집의 문을 열어 정씨를 맞이했다.

"이거, 정 사형께서 어쩐 일이십니까? 집들이 때문에 오셨습니까?"

그러나 정씨는 시작부터 강하게 나왔다.

"이거, 너 아니야? 쇳소리가 나게 때렸다는 것도 그렇고, 동영상의 움직임도 너 같아."

정씨도 폭력배 현피에 등장이라는 기사를 내밀며 정수를 추궁했다.

"아! 기사는 저도 봤는데. 인터넷에 보면 아주 흉악하게 생긴 조폭에 네티즌과 현피를 떴다고 나오죠. 재미있기는 했는데……."

"그 범죄자처럼 생긴 놈이 너지?"

"제가 그렇게 흉악하게 생겼습니까?"

"걷는 것을 보면 너 같아. 손짓발짓 하나에도 이치가 스며 있어. 이렇게 무거우면서 가볍게 걷는 경지가 쉽지도 않고, 왠지 천왕보 느낌이 나."

정수는 십 년 넘게 하루 종일 수련만 한 셈이었다. 일상이 수련이었다. 당연히 손짓발짓 하나에도 무예의 한 동작이 스며 있었다.

그리고 태권도와 가라데가 다르듯, 정씨 정도의 수준이면 차이점을 한눈에 알 수 있었다. 매일 보고 익히던 것이라 흐릿한 동영상의 걸음에도 사문의 흔적을 본 것이다.

"천왕보요? 그런 보법도 있었습니까?"

"보법에 특별히 명칭이 없어서 그냥 내가 붙인 거야. 하여간 한 방에 근육질을 쓰러뜨리고, 걷는 것을 보면 이건 분명 너야. 조금 다르기는 한데, 그거야 네가 다른 분에게 배운 게 있어서 그럴 것이고."

"어허, 얼굴이 전혀 아니지 않습니까? 갑자기 왜 그러세요."

"하여간 무조건 너야. 일반인에게 주먹을 쓰면 어떡해?"

"왜 갑자기 억지를 쓰시는지……. 아하! 잠깐만 기다려 보십시오."

정씨는 무작정 사건의 주인공이 정수라고 우겼다.

정수로서는 곤란한 상황이었다.

경찰도 아니니 최 변호사에게 전화할 수도 없었다.

그래도 정씨에게 통하는 것은 있었다.

정수는 안방 구석에 쌓아둔 돈을 가방에 담았다.

정씨는 소파에 다리를 꼬고 앉아 정수를 물끄러미 바라봤다. 자신의 사제가 무도를 이런 식으로 드러내는 것이 불만인 것 같았다.

"제가 천왕문을 이었으니 문하생을 돌봐야 할 의무가 있습니다. 다행히 약간의 재주가 있어 돈이 좀 있습니다. 어려운 것이 있으시면 기탄없이 말씀해 주십시오. 그리고 사형께서 아직 가정을 이루시지 않았는데, 걱정이 됩니다. 일단 1억입니다. 가정을 이루는 데 필요하시면 부적을 더 팔아 보겠습니다."

정수는 과감히 1억이 담긴 가방을 건넸다.

물론 간이 커질 대로 커져 별로 아깝지는 않는 돈이었다.

그래도 최대한 아까운 듯이 표정 연출을 하며 가방을 건넸다.

일단 돈으로 불편한 정씨를 보내 버리려는 것이다.

"흐음, 비전이 왜 비전인지 잘 생각해라. 그런데 왜 이런 일을 벌였냐? 댓글 같은 것에 일일이 화를 내며 살 수는 없잖아."

"제가 아닌데."

"내가 사문의 장에게 뭐라고 하겠냐? 하여간 비전은 비전으로 남아야 한다. 그리고 너무 힘자랑하지 마라."

"저 아닌데……."

"흠흠, 요즘에는 아파트는 있어야 여자들이 좋아한다는데 나도 걱정이다. 나이가 드니 옆구리가 허전해."

"사형이 가정을 이룬다면 그깟 아파트가 대수겠습니까? 팍팍 밀어 드리겠습니다."

"고맙다, 사제. 그럼 가겠네."

1억이라는 기름이 칠해지자 까칠하던 정씨도 유순해졌다.

아파트까지 문제없다는 소리에 정씨는 미소를 머금고 돌아갔다.

"어떻게 나라고 확신을 하는 거지? 국내에 수련하는 수도자가 그렇게 없나? 아니면 어려서부터 봐 와서 그런가?"

정수는 돈이 아깝지 않지만 정씨가 어떻게 확신을 했는지가 궁금했다. 동영상도 흐릿하고 얼굴은 완전히 달랐다. 사진 같은 것으로는 절대 정수와 연결시킬 수는 없었다.

그리고 정씨뿐만 아니라 비전을 가르친 노인들도 약간의 의심을 하고 있었다. 젊은 실력자는 그만큼 드문 것이다.

'이거, 혹시 정수는 아니겠지? 얼굴이 흉악하다니 아니겠지. 애들 말에 흥분한 무술가가 나선 건가?'

송 노인도 신문의 기사와 동영상을 보며 정수를 떠올렸다. 사람을 한 방에 바닥에 기게 하는 것이 얼마나 어려운지 아는 것이다.

게다가 한 방 맞은 사람은 몸까지 바르르 떨며 고통에 겨워하고 있었다.

하여간 정수를 알고 있으니 고수라는 생각에 바로 정수가 떠오른 것이다.

그래도 얼굴이 완전 다르니 그저 지나가며 스쳐 간 생각이었다.

띠리링 띠리링~

그때, 휴대폰이 울렸다.

"아, 박 여사님. 오랜만입니다."

—선생님, 그동안 잘 계셨습니까?

"저도 이제 나이가 있어서 그냥 소일거리만 하고 있습니다. 혹시 또……."

박 여사는 송 노인의 단골이었다. 남편이 바람도 많이 피우고 정신도 못 차리는 성격이었다. 부적이 없었으면 진작 가정이 깨졌을 집안이었다.

그래도 남편이 바람기가 많은 만큼 정도 많아서 도화살 부로 정신을 차리면 가정으로 꼬박 돌아오고는 했다.

—부끄럽게도 남편이 또 그짓을 하고 있습니다. 부적 한 장 부탁합니다.

"죄송하지만 지금은 좀 어렵습니다. 제가 나이도 있고 도력도 떨어져 부적을 더 이상 만들지 못하고 있습니다."

—제가 듣기로 원 여사가 한 장 썼다고 들었는데. 제가 그래도 단골이니 마지막으로 힘 좀 써 주십시오.

"그 부적은 제자가 시험 삼아 만든 겁니다."

—어머! 제자를 키우셨구나. 축하드립니다. 선생님 도술이 끊어질까 걱정한 여자들이 많았는데, 이제 안심입니다. 그럼 제자분 부적이라도 좀 부탁합니다.

"제자는 아직 수련 중이라 도력이 부족합니다. 원 여사가 쓴 부적은 연습 삼아 도력을 쥐어짜서 만든 겁니다. 아직 제자의 도력으로는 일 년에 한두 장 만들 정도입니다."

송 노인은 자신의 철학대로 부적을 만들기가 아주 어려워 수가 적다고 포장을 했다.

물론 정수가 도화살부 정도는 낙서하듯이 만들 수 있지만, 그렇게 말했다가는 가치를 인정받을 수 없었다.

—선생님 덕분에 유지한 가정입니다. 이제 아이들이 고등학생입니다. 유종의 미를 거둘 수 있도록 도와주십시오.

"이것참, 제자가 도력을 모으는 중인데……."

—선생님, 부탁드립니다.

"제자는 아직 젊으니 좀 무리하더라도 회복은 할 수 있을 겁니다. 그런데 가격이 오른 것은 들으셨죠? 저야 돈이 부족하지는 않아 그냥 1억만 계속 받았지만, 제자는 옛날처럼 집 한 채 값인 십억은 받아야 합니다."

—네에. 뭐, 가정을 지킬 수 있다면 집 한 채 값은 당연

히 내야죠.

"그럼 빠른 시간 내에 보내 드리겠습니다."

송 노인은 능숙하게 낚시질을 해서 부적값으로 집 한 채를 받아 냈다.

물론 이 정도 가격을 받을 수 있는 것은 송 노인이 그동안 쌓은 신용 때문이었다. 확실히 효과가 있으니, 거금을 내고 부적을 사는 것이다.

송 노인은 거래를 마치자 정수에게 전화를 했다.

―정수냐?

"어르신, 어쩐 일이십니까?"

―도화살부 하나 집 한 채 가격으로 팔았다. 하나 만들어서 보내라.

"네. 미리 몇 장 만들어 보낼까요?"

―아무리 도력이 높아도 금방 만든 것이 효과가 좋지. 택배가 생겨서 보내는 것이 어렵지 않으니 한 장만 보내라.

"네. 그럼 특급 배송으로 보내겠습니다."

―그런데 요새 시끄러운 현피 사건이 있던데, 혹시 너냐?

"아, 그건 저도 봤습니다. 저하고 별로 닮지도 않았던데요?"

―그렇지. 동영상을 보니 주먹에 내공이 실려 있는 것 같아 그냥 네가 생각나서 물었다.

"아직 국내에 수도자가 많지 않습니까? 국립공원도 십여 곳이 넘고, 큰 산마다 무맥이 한두 개는 있지 않습니까?"

─그렇기는 한데, 다들 우리처럼 노인만 남았지. 내가 무맥을 모두 아는 것은 아니지만, 젊은 실력자는 손에 꼽을 수 있을 정도야.

"우리나라는 무맥이 많으니 발경을 할 수 있는 젊은이는 많이 있을 겁니다. 어려서 산속에만 사는 수도자도 있지 않습니까? 그리고 일반 무술가들도 열심히 수련하면 그 정도는 할 수 있지 않습니까?"

─발경은 이제 보기 어렵지. 그 정도만 해도 소문이 날 텐데, 이제는 정말 드물다.

"네에."

─그냥 주먹이 센 조폭일 수도 있지. 그럼 부적을 만들고 바로 보내라.

"네. 바로 보내겠습니다."

송 노인도 용건이 있어 전화했다가 혹시 하며 정수에게 질문을 했다.

'아이씨, 인구가 몇이고, 무술 도장이 널려 있는데 젊은 고수가 없어? 좀 센 젊은이가 한 손에 꼽힌다는 것을 알았으면 그런 일을 벌이지 않았을 텐데…….'

용의자 수가 적으니 자연히 정수에게 추궁이 들어왔다. 젊은 고수라고 하니 정수가 떠오른 것이다.

정수는 높은 경지의 젊은이가 한 손에 꼽힌다는 말을 들고 일을 벌인 것을 후회했다. 아무리 자신에게 뭐라고 할 수 있는 사람은 없지만 추궁의 시선을 받기 때문이다.

비전을 이은 노인들은 옛날 사람이라 공개적으로 나서는 것을 나들 꺼려하고 있었다.

정수야 권투나 격투기 대회를 보며 자라서 그런 걸 금기라고 생각할 정도는 아니었다.

'음, 인터넷에서 바람피운 것을 걸려도 절대 아니라고 우기라고 했지. 나에게 뭐라고 할 수 있는 사람도 없으니 끝까지 우겨야지. 우기면 강하게 나설 사람은 없겠지. 그런데 혹시 스승님이 찾아오는 것은 아니겠지.'

정수는 인터넷에서 떠도는, 바람피우다 걸렸을 때 대응하는 방법을 떠올려 무조건 아니라고 잡아떼기로 했다.

그래도 걱정은 있었다.

바로 스승으로 여기는 천상검의 귀에 들어갔을 때였다. 세상 출입을 안 하는 천상검이지만 국내에서 모르는 사람이 없는 일이니, 귀에 들어갈 수도 있는 것을 걱정하는 것이다.

사실 정수가 눈치를 볼 사람은 천상검밖에 없었다.

'역시 무조건 잡아떼고 보자.'

정수의 주먹에 맞아 본 부하 세 명과 사채업자들도 잠깐 의문을 가졌다. 신문에서 묘사한 얼굴과 자신들이 맞은 주먹이 비슷했기 때문이다.

"저거, 형님 아니야?"

"그런 것 같은데."

"그렇지. 그 주먹이 그냥 주먹이 아니지."

"사회생활을 오래 안 하다 보니 애들의 욕에 화가 많이 나셨나 보다."

"그런 것 같아. 확실히 어디 오래 갇혀 있으셨던 것 같아."

부하들은 형님이 감옥 같은 데 너무 오래 있다 보니 애들 댓글에 쉽게 흥분했다고 생각했다.

사채업자들도 마찬가지였다.

"저놈들이 죽을 위기를 넘겼네. 감히 그런 고수에게 욕을 하다니."

"그래도 발경에 안 맞아서 다행입니다. 고수는 일반인에게는 발경은 안 쓰는 것 같습니다."

"발경에 맞았으면 병풍 뒤에서 향냄새 맡았겠지. 그래도 무협지처럼 고수들은 일반인은 안 죽이는구나."

정수의 살기 어린 찢어진 눈을 직접 본 최 사장은 사람이 죽지 않은 것을 다행이라 생각했다. 목숨의 위협을 받으며 눈빛이 머리에 박혔으니, 정수에 대한 일에는 머리가 돌아가지도 않았다.

한바탕 수련을 마친 정수는 강룡사로 향했다. 저녁도 먹고 할머니도 보려는 것이다.

정수가 집을 얻어 따로 살자 할머니는 당연히 서운해하셨다. 그래도 언제까지 정수를 끼고 살 수는 없으니 내색은 하지 않고 있었다.

정수도 하루에 한 번은 강룡사를 찾고 있으니, 잠만 따로 자는 셈이었다.

요사채로 들어가는데 할머니의 불편한 마음이 느껴졌다.

이제 마음을 닫는 것이 약간 가능해지고 있었다.

그래도 가까이 있는 할머니의 기분 정도는 느낄 수 있었다.

정수는 무슨 일인가 하는 생각을 하며 요사채로 들어갔다.

"할머니, 저 왔어요."

"그래, 곧 공양 시간이니 스님들과 함께 먹자."

"그런데 할머니, 무슨 일 있으세요? 안색이 좋지 않아 보입니다."

"티가 나냐? 미안하다. 전에 네가 준 돈을 써 버렸다."

"뭘 그런 걸 가지고 그러세요. 할머니 쓰시라고 드린 거 잖아요. 뭐 필요한 거라도 사셨어요? 여자들이 좋아한다는 명품 백이라도 사셨어요?"

정수는 현금이 넘쳐 나서 어려서부터 신세를 진 강룡사와 할머니에게 일억씩 시주를 했다.

앞으로도 절에는 매년 일억씩 시주를 할 생각이었다.

할머니야 큰돈을 안 받으려 했지만, 그냥 방 안에 던져

두었다.

한데 그 돈을 할머니가 쓰신 것 같았다. 정수는 침울해하는 할머니의 기분을 풀어 드리려 명품 백이라는 농담을 했다.

"네가 힘들게 번 돈인데, 내가 써서 미안하다."

"저 힘들게 안 벌었는데요. 요즘 부적 하나 써 주고 집 한 채 가격인 십억씩 받고 있어요. 도화살부 정도야 내공과 도력이 소모되지 않아서 낙서나 마찬가지예요. 혹시 더 필요하시면 내일 가져올게요."

"이제 부적은 만들지 마라. 부적은 고혈을 짜내 만드는 거야. 부적을 만들다가는 애써 수련해서 얻은 법력이 없어져. 내가 네 고혈을 써서 미안하다."

"이제 그 수준은 넘었어요. 제가 소성을 이뤄 중단전을 열었어요. 그래서 제 고질을 극복한 거예요. 정말 도화살부 정도는 낙서나 마찬가지예요."

"그래? 그래도 좌도의 술수는 피하는 것이 좋아."

할머니는 정수가 부적으로 돈 번 것을 알고 있었다.

그리고 부적이 고혈을 짜서 만든다는 것도 알고 있어 마음이 편치 않았다.

그래도 정수가 돈을 벌 수 있는 방법도 없으니, 전에 말이 나왔을 때 일 년에 한두 장 만드는 것으로 타협을 했다.

그래서 정수가 건넨 현금을 쓸 수가 없었다.

그러나 이미 정수는 쉬운 부적 정도는 낙서하듯이 만드

는 수준이었다. 제대로 단계를 밟아 하단전을 채워 중단전을 연 것이다.

정수는 이 점을 할머니에게 자세히 설명해 부담을 느끼지 않도록 했다.

"그런데 어디에 쓰신 거예요? 제가 요즘 돈이 많아 아깝지도 않고, 할머니에게 준 돈이니 상관은 없지만, 궁금해서 그래요."

"네 돈이니 어디에 쓴지는 알아야지. 승천굴에서 치성을 드리는 여편네 사정이 너무 안쓰러워서 주었다. 그 돈으로 여럿 목숨 살렸으니 네 업이 조금 줄어들 것이다."

절 주변에는 신통력을 얻으려는 무속인도 많지만, 기적을 바라고 치성을 드리러 오는 신도도 많았다.

그중에서 할머니는 돈만 있으면 해결되는 사연을 듣고 정수가 준 돈을 쓰게 되었다.

"할머니 돈이니 할머니 공덕이죠."

"내가 번 돈이 아니잖아."

"제가 할머니에게 준 돈이고, 할머니 덕분에 잘 컸으니다 할머니 공덕입니다. 내일 또 1억 가져올 테니 알아서 쓰세요. 그런데 할머니도 좀 필요한 것을 사고 편하게 사세요. 일 도와주는 보살님도 한 명 고용할까요?"

정수는 돈이 생기자 할머니를 좀 편하게 사실 수 있도록 하려고 했다.

그러나 할머니는 수십 년간 강룡사 공양간을 지키고 있었으니, 산 아래로 내려갈 리가 없었다. 공양간 일도 아직 혼자 하려고 고집을 부렸다.

정수도 억지로 할머니가 하고 싶은 것을 말릴 수 없어 지켜만 보고 있었다.

"다섯 명 공양하는 일이 얼마나 된다고? 그리고 네 덕분에 몸도 좋아져 전혀 힘들지 않다. 그런데 노스님 건강이 좋지 않던데, 약은 아직이냐?"

"곧 돼요."

"그래, 네가 이 할미 때문에 고생이다. 그만 밥 먹자."

얘기를 하다가 약 얘기가 나왔다. 효과를 제대로 본 할머니가 노스님도 주라고 압박을 했다.

정수는 이미 약을 준비해 뒀지만, 너무 빨리 주면 쉽게 만들 수 있는 약이라 오해할 것 같아 시간을 끌고 있었다.

다음 날, 정수는 할머니에게 또 현금 다발을 안겨 주고 나서 노스님을 찾았다.

"노스님, 정수입니다."

"네가 아침부터 웬일이냐?"

"제가 할머니에게 좋은 약을 주었다는 말은 들으셨을 겁니다. 노스님 건강이 좋지 않다는 말에 다시 몇 달간 고생해서 약을 만들었습니다."

"고맙구나. 그런데 혹시 마음을 열었느냐? 공양을 할 때는 말이 없어 몰랐는데, 네 말을 듣고 있으니 마음이 느껴지는구나."

"노스님도? 일단 이것부터 드십시오. 뚜껑을 열고 빨리 드시는 것이 좋습니다. 드시면 뜨거운 기운이 치솟는데, 고통스러워도 몸으로 받아들이려 하셔야 합니다. 약효 떨어지기 전에 어서 드십시오."

마음이 느껴진다는 노스님의 말에 정수는 살짝 당황했다.

최근 중단전이 열리며 정수도 사람의 마음이 느껴지고 있는데 스님도 그런 수준이라 하니 자신의 비밀이 드러나는 것 같았다.

정수는 비밀이 들킬 것만 같아 얼른 약을 내밀었다.

물론 거짓말 탐지기가 아닌 마음이 느껴지는 것이었다.

노스님은 정수가 약을 아까워한다는 정도만 느끼고 있었다. 아까운데 어쩔 수 없이 준다는 마음이었다.

정수가 자신의 말에 당황하자 그런 마음을 들켜서라고 생각하며 약을 받았다. 환단이 아니라 액체인 점이 특이했지만, 정수가 좌도의 여러 비전을 이었으니 특이한 연단술도 배웠다고 여기면서 약을 마셨다.

노스님은 병을 내려놓고 묵상에 잠겼다.

정수도 마음을 추스르며 중단전을 닫으려 노력했다. 중단전에 문이 있는 것은 아니지만, 기는 마음을 따르니정신을 집중해 차단하려는 것이다.

그런데 약을 먹었음에도 노스님은 미동도 없었다. 수양이 깊어 참을성이 대단하겠지만, 몸의 반응이 없는 것이 특이했다.

'뭐야? 증류수를 섞으면 효과가 없는 건가? 한 병 버린 건가? 으, 릴렉스. 마음을 닫는다. 나는 사방이 막힌 방에 있다. 천지도 없고 홀로 독존한다. 마음을 닫는다.'

정수는 반응없는 노스님을 보며 증류수를 괜히 섞었다고 자책했다.

그러다 다시 중단전이 열릴 수 있으니 마음을 닫기 좋은 구절을 암송했다.

차츰 정수와 노스님의 호흡 소리조차 없어지며 깊은 정적이 흘렀다.

"후우~"

한참을 지나서야 노스님이 숨을 토해 내며 정적을 갈랐다.

"대단하구나. 보살님의 건강해진 것을 보고 혹시 했는데, 연단술도 배웠느냐? 마치 전설의 영약 같구나."

"도움이 되었다니 다행입니다. 그냥 이리저리 구한 겁니다. 그럼 물러가겠습니다."

"이런 약이니 비밀이기는 하겠지. 정말 네 성취가 놀랍구나. 자만하지 말고 수련에 더욱 힘을 쏟도록 해라. 하여간 귀한 것을 주어 고맙구나. 비밀은 잘 지키도록 하마."

정수는 노스님 앞에서 마음이 드러날까 걱정되어 별것 아니라는 말을 하며 서둘러 물러갔다.

노스님이야 정수가 연단술을 비밀로 한다고 생각해 치하의 말을 하고 비밀을 지키겠다는 말을 했다.

'거짓말 탐지기는 수준은 아니네. 그냥 나처럼 사람의 기분을 느끼는 건가? 그래도 역시 노스님이 법력은 높네. 불같은 기운이 움직이는데 어떻게 잔 떨림도 없나? 약효가 없는 줄 알았잖아. 그리고 내일 중단전에 대해 물어봐야겠네. 뭔가 아는 것은 있으시겠지.'

정수는 노스님의 말에 거짓을 판별하는 것은 아니라는 것을 알았다. 자신처럼 기분 정도만 파악하는 수준이었다.

정수는 내일 노스님에게 중단전을 조율하는 방법을 묻기로 했다.

경지가 높아지는 것이 꼭 좋은 것은 아니었다.

원래 선인을 목표로 하는 수련이었다. 세상에 나가려는 정수에게는 곤란한 부작용도 있었다.

세상은 마음을 열고 살기에는 너무 험악했다. 세상에 나서려면 저절로 열리는 중단전을 닫아야 했다.

다음 날, 노스님의 가르침이 있었다.

"정말 속세에서 살 생각이냐? 네 성취가 아깝구나. 이대로 자연 속에 머물러만 있어도 너라면 대공을 이룰 수 있을 거다."

"아직 도시로 갈 생각은 없지만, 그렇다고 산속에서 수
련만 할 생각도 없습니다."

"그러면 정씨 아이처럼 애매하게 된다."

"정 사형에게 배워 비슷해지는 것 같습니다. 그리고 저
는 좌도에 재능이 있지 않습니까? 제 성취도 우직하게 수
련만 해서 얻은 것은 아닙니다."

"그렇기는 하지. 그럼 심인법을 알려 주마. 중단전을 열
고 닫는 법은 없다. 모두 마음에 달린 것이다. 그래도 심인
법을 배우면 네가 느끼는 불편은 없을 거다."

"심인법이라…… 염화미소의 공부입니까?"

"그렇다. 말이 없이 마음을 보낼 수 있는 공부이다. 심
인법을 익히다 보면 사람들 마음이 느껴지는 것을 조절할
수 있을 것이다."

"감사합니다."

"네가 준 약에 비해서는 조촐하다. 그리고 공부도 배 울
수 있는 사람이 익혀야지."

노스님은 혜광심어 같은 심인법을 가르쳐 주었다.

몸을 쓰는 비전이 아니라서 정수는 금방 기초를 넘을 수
있었다. 대성하려면 더 수련해야겠지만, 그 정도만 해도 중
단전을 조절할 수는 있었다.

중단전이 열리려는 것은 하단전이 꽉 찼기 때문이다. 다

채웠기에 넘쳐흘러 올라와 중단전에 외부로 흐르는 것이다.

천상검처럼 산속에서 수련만 한다면 중단전이 열려도 상관은 없었다. 가만히 있어도 자연과 하나가 되는 것이니 더 좋았다.

그러나 정수는 산속에서만 있을 생각이 없으니, 말 그대로 사람들에게 마음을 닫아야 했다.

그리고 정수는 소란 속에 몸을 담가야 하는 팔자였다. 인생에 굴곡이 많다는 의미였다. 평생 큰 사건 하나 겪지 않고 사는 사람이 많지만, 정수는 끊임없이 문제를 일으키며 살아야 했다.

그런것이 정수의 인연이고 팔자일 수가 있었다.

또 다른 소란이 밀려오고 있었다.

6
유산 싸움

科療夫遇西山

不療夫遇西山人

蹕踊行路感此錢之蹕踊行路感此錢之

春秋六十有二其年春秋六十有二其年

辭此下方齷亁他方辭此下方齷亁他方

路賢人同鬼神所於

永漢三年七廿一日

路賢人同鬼神所於

永漢三年七廿一日

原其遷西山之

西山之

정수의 손길이 닿은 물건이 효용을 발할 준비를 하고 있었다.

박 여사가 집 한 채 값을 주고 산 도화살부였다.

'제자가 만든 거라는데, 효력은 있겠지. 곧 애들도 수능인데…… 하여간 이 인간이 문제야. 애들 대학만 가면 이 인간하고는 끝이야. 아니, 애들 결혼할 때까지 참아야 하나? 휴우~ 내 팔자야.'

박 여사는 정수의 도화살부를 고운 한지 봉투에 넣어 남편의 양복 내피 안에 넣어 두었다.

며칠 만에 들어온 남편이었다. 어린 여자에게 살림을 차려 주고 며칠간 거기서 지낸 것이다.

오늘도 술에 많이 취하지 않았다면 거기로 갔을 것이다.

남자들이 술집에 가면 술만 먹지는 않는다는 것을 모르지는 않았다. 박 여사도 그 정도는 참을 수 있었다.

그러나 박 여사의 남편은 바람 정도가 아니라 살림까지 차려서 문제였다.

그래도 박 여사는 애들 때문에 어떻게든 참고 살려 하고 있었다.

이제 애들이 줄줄이 수능이라 박 여사는 더 마음을 졸이고 있었다. 이혼한다고 집이 소란스러우면 애들이 마음잡고 공부할 리가 없기 때문이다.

마침 남편이 술에 떡이 되어 돌아오자 박 여사는 어렵게 구한 도화살부를 쓰려 했다.

남편의 양복에 부적을 붙이고 나오자 아들딸이 학교에 갈 시간이라고 나왔다.

"엄마, 학교 갈 시간인데⋯⋯."

"나도⋯⋯."

"오늘은 함께 아침 먹고 가. 학교에는 내가 말해 둘게."

"그래도 혼나는데⋯⋯."

"맞아. 교무 주임은 전화해도 뺑뺑이 돌리는데⋯⋯."

"아침 먹고 가!"

애들이 우는 소리를 하자 박 여사는 목소리를 높였다.

"또 아빠가 바람피워? 하여간⋯⋯."

"아빠는 나이도 많으면서……."

평소 애들에게 잘하는 박 여사가 목소리를 높이자 아이들도 사태를 짐작했다. 아버지가 심각하게 바람을 피울 때면 이런 식으로 마음을 돌리는 것이다.

자식들과 아침을 먹다 보면 가정을 지켜야 한다는 생각이 날 수밖에 없었다.

박 여사는 부적을 쓴 경험이 많아 효과가 최대한 나오게 상황을 마련해 두고 있었다.

곧 자명종이 울리자 남편도 잠에서 깼다.

박 여사는 군소리하지 않고, 정성을 쏟아 아침을 마련했다. 남편에게 바람피운다고 목소리 높여 따지면 부작용만 초래한다.

이렇게 간접적으로 마음을 공략하는 것이 좋다는 것을 잘 알고 있었다. 바람 잘 피우는 남편은 역설적으로 마음이 약하기 때문이다.

남편은 조용히 씻고 옷을 입으며 밖을 살폈다. 새 살림까지 차렸는데 면목이 있을 리가 없었다.

문을 열고 밖을 살피는데 고소한 냄새가 났다.

"일어나셨어요? 어서 식사하세요."

"으응."

박 여사는 부드럽게 식사를 권했다.

남편은 어색하게 웃으며 부엌으로 왔다.

식탁에는 자식들도 앉아서 기다리고 있었다.

"아직 학교 안 갔냐?"

"네. 엄마가 밥 먹고 가라고 해서요."

"애들이 요즘 공부 때문에 살이 빠진 것 같아 아침 먹여서 보내려고요."

"큰애는 곧 수능이지. 건강도 챙기면서 해라."

"네, 아빠."

조용히 식사를 시작했다.

부드러운 분위기였지만, 찔리는 것이 많은 남편은 모래를 씹는 것 같았다.

애들을 보니 세월이 정말 빠르다는 것을 새삼 느끼게 되었다.

껄끄러운 아침 식사를 마치고 출근할 준비를 했다. 애들도 아버지의 움직임에 맞춰 움직였다.

"여보, 여기 양복."

"으응."

박 여사가 준비한 양복 윗도리를 주었다.

남편도 주는 대로 받아 몸에 걸쳤다.

흠칫!

부르르~

그 순간, 남편은 왠지 모를 한기를 느꼈다. 정신도 번쩍 나며 이성이 돌아왔다.

새삼 자식과 부인의 모습이 눈에 박혔다.

'이거, 내가 늙어서 뭐 하는 건지. 휴우~ 큰애 수능도 얼마 남지 않았는데, 여자는 정리해야지.'

요즘 어린 여자에게 빠져 정신을 못 차리던 남편은 새삼 가정의 소중함을 느꼈다.

'아싸! 제자 것도 효과가 좋구나!'

도화살부를 많이 써 본 박 여사는 효과를 직감했다.

부적을 붙인 양복을 처음 입으면 몸을 흠칫 떠는 것을 알고 있었다.

그리고 벌써 흐릿했던 남편의 눈빛이 변해 있었다.

20년 넘게 살을 맞대고 살았으니, 눈빛만 봐도 무슨 생각을 하는지 알 수 있었다.

박 여사의 생각대로 다음 날부터 남편은 꼬박꼬박 집에 들어왔다.

'역시 효과가 있네. 좀 많이 쓰기는 했지만 그 정도야 이혼하는 것에 비하면 싸지. 그리고 둘째 수능까지는 저 인간이 조용해야 하는데 걱정이네. 혹시 모르니 하나 더 구해 놔야겠네.'

박 여사는 둘째를 생각하며 도화살부를 하나 더 구해 둘 생각까지 하고 있었다.

정수는 차를 산다는 핑계로 금요일에 서울로 올라갔다.

차도 사야 하고, 은정이도 보려는 것이다.

그리고 자신이 차를 잘 모르니 송 노인에게 부탁을 했다. 송 노인이 몰던 외제차 같은 것을 사고 싶은 것이다.

띵동.

정수는 예전에 와 본 송 노인 집의 초인종을 눌렀다.

"어, 정수구나. 일찍 왔구나."

"아침 일찍 나왔습니다."

"차를 사겠다고?"

"네. 면허도 땄어요."

"요즘 자동차 면허야 완전 살인 면허지. 하여간 차를 끌고 도시나 고속도로는 타지 마라. 집에서 기차역 가는 정도만 몰아라."

송 노인은 새삼 정수의 안전을 걱정했다.

"에이, 어르신도 끌고 다니면서……."

"나야 운전 경력이 30년도 넘어. 그리고 죽어도 여한이 없는 나이잖아. 아무리 네가 고수라도 큰 사고 나면 위험하다. 차라리 기사를 붙여 줄까?"

송 노인은 기사까지 붙여 줄 수 있다면서 정수의 안전을 걱정했다.

송 노인은 정수를 자식보다 더 귀히 여기고 있었다. 자식은 많고 손자도 있지만, 정수는 하나밖에 없었다. 정수가 잘못되면 죽어서도 스승님을 볼 면목이 없게 된다. 죽을 날이 얼마 남지 않은 노인이라 오로지 후계 걱정뿐이었다.

"무슨 기사를 둬요. 저 운전 잘해요. 교관이 아주 잘한다고 칭찬했어요."

"시골에서 배웠잖아. 하여간 도시와 고속도로에서는 몰지 마라."

"에이, 그냥 저 혼자 살게요. 변호사나 불러서 물어볼까?"

"아니야. 나와 가자. 내가 좋은 차 소개시켜 줄게. 이 차 하나면 여자들이 줄줄 따를 거야."

정수가 충고를 들으려 하지 않자 송 노인은 바로 태도를 바꿨다.

정수 혼자 보냈다가는 스포츠카 같은 것을 살 수도 있는 것을 걱정하는 것이다. 초보가 스포츠카 같은 것을 몰다가는 너무 위험했다.

송 노인은 따라가서 최대한 안전한 차를 권해 줄 심산이었다.

송 노인은 정수를 태워 벤츠 매장으로 갔다. 안전하고 튼튼하다는 벤츠를 권해 줄 심산이었다.

매장은 돈 없는 사람은 구경도 하지 말라는 듯이 깔끔하고 부티가 흘렀다. 정수도 화려한 매장의 모습에 감탄성을 내었다.

"오, 이거 멋있네! 이게 스포츠카죠? 이거, 지붕도 열려요? 영화 보면 지붕 열어서 기분도 내던데……."

정수의 모습과 질문은 촌티가 흘렀다.

갑자기 평생 산에서 살아온 습관을 바꿀 수는 없었다.

그래도 같이 온 송 노인 때문에 무시당하지는 않았다. 꼭 부유한 할아버지가 손자에게 첫 자동차를 사주는 듯한 그림이었다.

"네. 이게 이번에 벤츠에서 젊은 층을 위해 디자인한 스포츠카입니다. 벤츠의 고급스러움과 신세대의 센스를 결합한 스포츠카입니다."

매장 직원이 송 노인의 눈치를 보며 정수의 질문에 대답했다. 대답은 하지만 물주인 송 노인의 눈치를 보는 것이다.

그리고 역시 송 노인의 취향과 의도는 달랐다.

"그런 것은 사고가 잘 나. 스포츠카로 기분 내다가는 백 년은 먼저 간다. 이게 어떠냐?"

"그건 너무 큰데요. 그런 건 어르신에게 맞는 것 같습니다."

"이게 더 비싼 거야. 요즘에는 여자들도 찻값을 줄줄이 꿰고 있어. 무조건 비싼 차가 좋은 거야."

"에이, 저 애인 있어요."

"그러니까 애인을 안전하게 데리고 다녀야지. 일단 안전이 최고야."

"그래도 그건 너무 큰데. 제가 패션 감각이 없지만, 그건 너무 아닌 것 같습니다."

"내가 사줄게. 이거로 해."

탁탁.

"차 사려고 돈 많이 넣어 왔습니다. 역시 스포츠카가 좋죠."

송 노인의 걱정대로 정수는 스포츠카에 꽂혀 있었다. 영화에서도 많이 봤고, 젊으니 스포츠카에 눈길을 두는 거야 당연했다.

"내 눈에 흙이 들어가기 전에는 절대 안 된다. 정말 스포츠카 사면 다른 노인네들도 불러서 말린다."

"그러는 법이 어딨습니까?"

"하나뿐인 제자가 죽게 생겼는데 무슨 방법이라도 써야지. 내가 이 차에다가 기사도 붙여 줄게."

"됐습니다. 그럼 스포츠카는 나중에 살게요. 음, 저것도 괜찮네."

"그래? 그럼 저것으로 하자."

송 노인이 다른 노인들까지 부른다는 협박에 정수도 스포츠카는 포기를 했다.

그래도 송 노인의 권유대로 회장님 차 같은 것은 마음에 안 들어 반대편에 있는 SUV에 시선을 주었다.

송 노인의 말대로 안전하게도 보이고, 나름 간지도 흘러서 선택을 했다.

송 노인도 정수가 크고 안전해 보이는 SUV를 고르자 바로 찬성을 했다.

"저 차에 안전 옵션 몽땅 넣어서 주문하겠습니다. 에어

백은 사방에 도배를 하고, 할론 소화기 같은 옵션도 있죠?
하여간 몽땅 넣어 주세요."

"네, 고객님."

외제차는 기본적으로 안전장치가 되어 있지만, 송 노인
은 안전을 최우선으로 주문을 했다.

"안전 옵션을 모두 넣으면 가격은 이렇습니다."

"현금도 되죠?"

"네, 되기는 합니다."

드륵.

정수는 가방을 열어 현금 뭉치를 꺼냈다.

명차 매장에 이렇게 현금을 가져오는 사람도 더러 있었
다. 구린 돈이거나 명차를 샀다는 흔적을 안 남기려는 사람
들이 많은 것이다.

큰돈이기는 하지만 명차 매장에서는 가끔 있는 일이라
동요하는 직원은 없었다.

그런데 차를 주문한다고 하여 바로 받을 수 있는 것은 아
니었다. 정수는 그걸 잘 모르니, 차를 바로 샀다는 생각에
주문한 SUV에 오르려 했다.

"뭐 하나?"

"차 끌고 가려고요."

"허허, 그건 전시하는 차야."

"돈 줬는데……."

"역시 사회 경험이 너무 없어. 이제 주문했으니 차를 받으려면 한 달은 걸릴 거야."

"한 달이요?"

"옵션을 많이 넣었으니 그 정도 걸리겠지. 국내에 차가 없으면 더 걸리고."

"에이, 그럼 괜히 일찍 올라왔네."

"잠깐 쓸 수 있는 차는 있을 거야."

송 노인은 차를 끌고 애인에게 자랑하러 가겠다는 정수의 생각을 읽었다.

그래서 직원에게 가서 당장 쓸 수 있는 차가 있는지 알아봤다. 대리점에는 정비나 렌트를 위해 준비된 차가 있었다.

송 노인은 바로 쓸 수 있는 차 중에서 가장 크고 튼튼한 차를 골라 정수가 끌고 갈 수 있게 해 주었다.

정수에게 말은 안 했지만, 아예 차를 사 버린 것이다.

괜히 다른 곳에 가서 스포츠카를 사지 않게 하려는 생각이었다.

"잠깐 동안 이 차를 써라."

"이것도 너무 큰데."

"비싼 거야. 애인에게 자랑할 수 있을 거야."

"그럴까요?"

"그래, 아주 좋아할 거야."

"그럼 잠깐 이걸 몰죠. 그럼 어르신, 도와주셔서 감사했습니다.”

“그래. 사고 안 나게 조심조심 몰아라.”

“네. 조심해서 몰게요.”

정수는 송 노인에게 인사를 한 뒤, 크고 비싼 차를 몰고 신촌 방향으로 사라졌다.

끼릭끼익.

부웅.

면허증 딴 지도 얼마 안 되고, 이런 차도 처음 모는 것이라 출발과 주행이 순조로울 리가 없었다.

정수가 아슬아슬하게 차를 몰고 사라지자 송 노인은 걱정이 앞섰다.

“아이구! 저놈, 정말! 그래도 시내에서는 빨리 못 몰겠지. 차라리 지금 작게 사고가 나는 게 낫겠다. 그래도 요절할 팔자는 아니니 뭐.”

송 노인의 행동은 손자를 걱정하는 할아버지의 모습이었다.

그리고 이걸 지켜보는 시선이 있었다.

송 노인도 자식들이 있었다.

그리고 돈이 움직이면 문제도 생기기 마련이다.

최근 송 노인이 정수에게 보내는 돈이 많아지자 자식들도 제자의 존재를 눈치챘다.

단지 제자라면 상관없는데, 유산이 다른 곳으로 가니 신경을 쓰고 있었다.

이제는 손자처럼 직접 외제차 매장으로 가서 차를 사주자 두 형제가 모였다.

"형님, 아버지께서 그 어린놈에게 재산을 마구 퍼 주고 있습니다. 오늘은 그놈을 데리고 가서 외제차까지 사줬습니다."

"늦그막에 얻은 제자라 정신을 못 차리시는구나. 그래도 우리가 말릴 수는 없지 않느냐?"

"아버님 재산의 대부분을 형님과 제가 물려받았지만, 아직 남은 재산은 많습니다. 아무래도 그것들을 그놈에게 다 주려는 것 같습니다."

"음, 아깝기는 해도 그 정도는 아버님 뜻을 존중해야지."

"생판 남에게 큰돈을 줄 수는 없습니다."

"큰돈이기는 해도 그놈이 남이라고 할 수도 없다. 사실 우리가 아버님을 잘 모시지도 않았잖아. 그리고 아버님도 많이 늙으셨지만, 보통 분은 아니다. 괜히 욕심 부리다가 혼난다."

"에이, 형님은 걱정도 많으십니다. 자식이 재산을 물려받는 거야 당연한 것 아닙니까? 그럼 형님은 가만히 계십시오. 그 문제는 제가 알아서 하겠습니다."

"네가 그때 어려서 잘 기억이 안 나겠지만, 아버님이 힘 좀 쓰셨다. 아버님 동생 중에 깡패도 많아. 아버님이 시비 걸던 놈들을 패던 것, 기억이 안 나냐?"

"에이, 그게 언제적 일입니까? 그리고 제가 자식인데 뭐라고 하겠습니까?"

"아버님이 아니라 그 젊은놈 때문에 그런 거야. 아버님이 제자라고 할 정도면 한가락할 거야. 아버님이 괜히 돈을 모을 수 있던 것이 아니야. 다 이상한 능력이 있어서 그런 거야. 그건 너도 잘 알잖아."

"다 사이비 도사같이 행세해서 돈을 뜯은 것 아닙니까? 하여간 그놈은 제가 알아서 하겠습니다."

"그러지 말래도. 그쪽 사람들은 조심해야 해. 아버님 아는 사람 중에 이상한 사람이 많아. 기억 안 나냐?"

"사이비 같이 생긴 무서운 노인들이 기억은 납니다. 그래도 어릴 때야 무서웠지, 이제 저도 다 컸습니다. 하여간 형님은 포기했다니 남은 재산은 제 것입니다."

둘째는 남은 재산 때문에 정수에게 교훈을 줄 생각이었다. 정수가 아버님께 아부를 떨며 잘 보여 재산을 조금씩 빼돌린다고 생각한 것이다.

그래도 큰아들은 어릴 적 아버님의 전성기 때 모습을 기억하고 있었다.

진짜 귀신을 물리치고, 기를 다루던 시절이었다. 부적을 통해 신력을 빌려 돈 때문에 찝쩍이던 깡패들도 여러 번 혼내 주었다. 송 노인도 젊어서는 한가락했던 것이다.

그런 장면들을 희미하게 기억하는 큰아들은 기나 귀신,

수련의 세계를 믿고 있었다.

그래서 정수도 보는 것과 달리 이상한 능력이 있다고 생각해 관심을 두지 않고 있었다. 아버지 말대로 능력이 없으면 괴력난신은 가까이하는 것이 좋지 않았다.

그러나 둘째 아들은 기나 부적 같은 것을 믿지 않고, 아버님을 단지 사기꾼이라 생각하고 있었다.

당연히 정수도 아버님을 홀리는 사기꾼으로 생각했다.

그리고 사기꾼에게 자신이 물려받을 유산을 지킬 결심을 굳히고 있었다.

정수는 관심도, 욕심도 없는 유산을 두고 싸워야 할 처지에 몰리게 되었다.

부릉부릉~

"이건 뭐지? 홀로그램인가?"

고급차에는 전방 시현기가 있었다. 여러 정보를 앞 유리에 띄우는 장치였다.

그런 장치가 신기해 정수는 연신 두리번거렸다.

그래도 사고 없이 서울 시내를 관통해 신촌에 도착했다. 주위의 자동차들이 알아서 길을 비켜 주어 사고가 없던 것이다.

정수는 주차권을 뽑아 들고 교내로 들어갔다.

비록 오늘 구입한 차는 아니지만, 그래도 벤츠니 은정에게 자랑하러 들른 것이다.

정수는 경영대 건물로 차를 몰고 시간을 살폈다.

이미 은정의 일정은 꿰고 있었다.

곧 수업을 마치고 나올 시간이었다.

빵빵~

은정이 보이자 정수는 크락숀을 울렸다.

매너없는 행동이지만 정수의 눈은 은정만 향해 있어 거침이 없었다.

그런데 크락숀 소리에도 은정은 관심을 두지 않고 갈 길을 가고 있었다. 설마 자신을 부르는 소리라고는 생각을 못한 것이다.

할 수 없이 정수는 메신저를 보냈다.

"어머!"

메신저 내용을 봤는지 은정이 두리번거리며 정수의 차를 찾았다.

설마 하며 다가오던 은정은 운전석에 앉은 정수를 보고 깜짝 놀랐다.

"어머, 웬일이니? 차 산 거야? 면허증은?"

"여기 면허증. 은정이 깜짝 놀라게 해 주려고 준비했지."

"이걸 오늘 산 거야?"

"벤츠를 사기는 했는데, 받는 데 한 달은 걸린다고 해서 잠깐 빌린 거야."

"그래? 이게 벤츠구나?"

은정도 벤츠는 처음 타는지 눈을 굴려 실내를 살폈다.

정수는 다음 수업이 있는 인문관을 향해 슬슬 차를 몰았다.

"여기 봐라. 여기서 신기한 게 나온다."

"으응. 그런데 비싸겠다."

"뭐, 껌값이지. 그동안 내 나이 때문에 차를 못 태워 줘서 미안. 이제 차로 편히 모실게."

"으응."

새삼 정수의 재력에 은정이 더욱 순종적으로 변했다.

그리고 또 친구들의 속을 뒤집으려는지 문자를 날렸다. 벤츠 자랑을 하는 것 같았다.

역시 인문관에 가까워지자 분노한 친구들이 기다리고 있었다.

"정수가 벤츠를 샀는데 대기 기간이 길다네. 역시 비싼 차는 다르나 봐."

으득으득!

"뭐, 정수의 재산에 비하면 별것 아니지. 정수 나이 때문에 차를 못 샀지, 돈은 많잖아."

으득으득!

은정은 나중에 친구를 어떻게 보려는 건지, 속을 긁는 발언을 계속했다.

그때, 방해가 있었다.

빵빵.

원수는 외나무 다리에서 만난다고, 지난번 술자리에게 은정에게 껄떡대던 선배였다.

사람과 차가 길을 막고 있으니 크락숀을 울린 것이다.

"길을 막고 뭐 하는 거야?"

"어머~ 선배님, 죄송해요. 남자 친구가 차를 산다고 해서 구경하고 있었어요."

"너는……."

정 선배의 차는 쿠페로, 비싸기는 해도 국산차였다.

물론 대학생이 몰기에는 과한 차이기는 해도 외제차에 비할 바는 아니었다.

정 선배는 차에 탄 은정을 보고 말이 나오지 않았다. 정수를 기억하진 못해도 작업에 실패한 은정을 잊을 리는 없었다.

당연히 좌절감과 굴욕이 밀려왔다.

"에잇! 그런데 중고차 같은데, 외제차라고 다 비싼 건 아니다."

"호호, 이건 잠깐 렌트한 거예요. 오늘 구입했는데 인도에 시간이 걸린다네요."

"으득, 여기가 대학이야, 놀이터야? 하여간 외부인이 교내로 차를 몰고 들어오는 건 막아야 하는데. 지나가게 좀 비켜!"

정 선배는 성질을 부리며 일행을 지나갔다.

"정 선배 역시 한성질하네. 여자들은 뭣 때문에 정 선배에게 넘어가냐?"

"나쁜 남자 증후군이지. 자기는 잘 요리할 수 있다고 생각하잖아."

"그러다 전리품만 되잖아."

"하여간 자기는 잘할 수 있다고 생각해서 똑똑한 애들이 더 잘 넘어간대."

정 선배의 등장에 친구들은 잠시 나쁜 남자 증후군에 대해 토론했다.

그러다 정수의 한마디에 다시 조용하게 되었다.

"그런데 내가 다시 내려가야 하는데, 이 차는 은정이가 몰래? 잠깐 빌렸는데 몰고 내려가기가 그렇잖아. 한 달 빌렸으니 알아서 몰아."

"이 차를?"

"그냥 슬슬 몰고 다녀."

"사고 나면 어떡해? 나도 장롱 면허야."

"사고 나면 고치면 되지."

"그래도. 보험에 내 이름도 없잖아."

"뭐, 연락해서 고치면 되지. 하여간 어디 주차장에 둘 테니 알아서 해."

"으응."

정수가 차를 은정에게 사용하라고 하자 친구들이 더 난리였다.

"이야, 은정이가 모는 거야?"

"한 달만이야."

"그래도."

"사고 나면 몸을 팔아야 하는 것 아니야?"

"설마?"

"이 차 나도 좀 쓰자. 나도 잘 나간다고 친구들 속 좀 긁어 보자."

"안 돼. 사고 나면 어떡해."

"사고 나면 내가 장기라도 팔게."

"하여간 일단 같이 타고 나가 보자."

친구들은 수업도 건너뛰며 드라이브를 나가자고 부추겼다.

바로 정수가 기다린 반응이었다.

"그럼 타세요. 오늘 제가 모시겠습니다."

연애의 성공을 위해서는 친구들에게 잘해야 한다는 것을 잘 아는 정수였다.

정수는 은정의 친구들에게 드라이브와 식사를 대접했다.

은정과 둘만 남게 된 정수는 한강변으로 차를 몰았다.

인터넷에서 본 차에서의 스킨쉽을 시도하려는 것이다.

한강변에 차를 세우자 분위기가 미묘해졌다.

음악도 은은한 클래식을 골라서 분위기가 잡혔다.

'흐흐, 역시 인터넷. 정말 분위기가 사네. 오늘은 키스를 할 수 있겠다.'

정수는 오늘 키스를 하기 위해 공을 들인 것이다.

사실 차도 키스를 위해 샀다고 할 수 있었다.

왠지 배보다 배꼽이 큰 것 같지만, 정수에게는 키스가 더 큰 문제였다.

"은정~"

"응."

"오늘따라 더 아름답네."

"아이~"

은정도 분위기를 눈치챘는지, 낯간지러운 말에 몸을 꼬며 애교를 시전했다.

그러자 정수가 입술을 내밀며 몸을 기울이려 했다.

쾅쾅!

그러나 방해가 있었다.

웬 사내들이 자동차 본네트를 두드리며 비열한 웃음을 짓고 있었다.

"어머!"

은정이 기겁을 하며 몸을 사렸다.

으득!

정수는 분노 게이지가 머리끝까지 차올랐다.

드디어 키스 타임인데 웬 양아치들이 방해를 했으니, 냉정을 유지할 수가 없었다.

벌컥~

"성수야, 들어와! 빨리 떠나자."

정수가 문을 열고 밖으로 나가자, 은정이 기겁을 하며 말렸다.

그러나 화가 난 정수는 멈추지 않았다.

"네놈들은 뭐야?"

"이거, 분위기 좋은데? 자꾸 이상한 냄새가 나서."

"형님도 맡으셨군요. 이거, 제비 냄새인가?"

"에이, 제비가 아니라 사기꾼 냄새인데, 노인들 돈이나 뜯는 사기꾼 냄새가 나!"

양아치들은 갑자기 사기꾼 타령을 했다.

연인들을 방해하는 양아치들이 할 말은 아니었다.

"이것들이 용궁 구경 가고 싶나? 내가 애들 풀어서 용궁 구경 시켜 줄까?"

"허허, 역시 사기꾼이네. 어딨다고 애들 타령이야?"

"사기꾼들이 다 그렇죠."

"형님, 제가 나서겠습니다. 한 대만 맞으면 무릎 꿇고 살려 달라고 빌 겁니다."

양아치들의 말에 화가 머리끝까지 차올랐던 정수도 잠시 주춤거렸다.

"이것들은 도대체 뭐야?"

"뭐기는? 노인분 꼬셔서 돈을 빼내니 자식들이 가만 있겠어? 상대도 봐 가면서 사기를 쳐야지."

"어이, 잘못 찾아온 거 아니야?"

"네놈 상판때기에서 사기꾼 냄새가 솔솔 나는데 모른척하기는."

"사기 쳐서 번 돈으로 여자나 꾀고 다니고. 하여간 오늘 죽어 봐라."

양아치들이 아니라 청부업자인 것 같았다.

용역 업체에서 폭력 청부를 받아 나온 것 같았다.

그래서 주저리주저리 사연을 말하는 것이다.

그리고 오늘은 겁만 주며 경고를 하는 것 같았다. 송 노인에게 접근하지 말라는 경고였다.

"도대체 무슨 소리야?"

"하! 이놈 보게? 알아듣게 애기해도 뺀질거리네. 너, 그러다 병신된다."

"역시 사기꾼에게는 말로 안 돼."

"꼭 말로 경고할 건 없죠. 오늘은 제가 나서겠습니다."

"그래라. 이놈도 신고할 처지는 아니니 손 좀 봐줘라."

막내로 보이는 덩치가 정수에게 다가왔다.

덩치가 다가오고 있는데도 정수는 손을 써야 할지 말아야 할지 고민을 하고 있었다.

뭐가 일이 이상한 것 같아서 손을 쓰기가 고민이 되는 것이다.

그래도 상대가 다가오는데 맞고 있을 수는 없었다.

와락~

덩치가 유도나 유술을 배웠는지 거리를 좁히며 태클을 걸어 왔다. 말투는 껄렁한데, 프로라서 그런지 방심을 하지 않고 실력을 발휘하고 있었다.

주먹을 좀 써도 그라운드 기술을 배우지 않았으면, 이 한 수로 끝이었다. 일단 쓰러지면 천하장사라도 주먹을 쓰기 어려웠다.

그러나 그런 것은 일반적인 수준의 이야기였다.

쩌엉~!

달려들던 덩치에게서 쇳소리가 났다.

정수가 손을 쓴 것이다. 손이 너무 빨라서 보이지도 않았다.

주르륵.

"으으으~"

돌진하던 덩치가 그대로 바닥에 미끄러지며 신음을 흘렸다.

"뭐, 뭐야?"

"막내야!"

"일단 맞고 얘기하자."

쩡! 쩡!

세 명의 청부업자는 한동안 바닥에 쓰러져 지렁이 코스

프레를 했다.

상황이 정리되자 좌석에 웅크리고 있던 은정이 창문을 열고 안부를 물었다.

"정수야, 괜찮아?"

"응. 좀 놀랬지?"

"놀라기는 했는데…… 정수, 너 정말 고수구나."

"그렇지. 내가 좀 세."

"그런데 사람을 때리면……."

"정당방위잖아."

"그렇기는 한데……."

"나는 이놈들 좀 처리해야 하니, 은정이는 택시 타고 들어가. 저기 택시 지나간다. 어이, 택시!"

"경찰 불러야 하는 것 아니야?"

"뭐 이런 걸로 경찰을 불러. 내가 이놈들 정신교육 좀 시킬게."

끼익.

"어어!"

택시 기사가 쓰러진 남자들을 보고 멈칫거렸다.

"목동이요."

"네네."

택시 기사는 이상한 상황에 당황했지만, 은정이 타자 별 말없이 출발을 했다.

"정수야, 조심하고 얼른 들어가."

"알았어. 계속 메신저할게."

은정이 떠나자 정수는 본격적으로 심문에 들어갔다.

"그러니까, 송인수라는 양반의 둘째 아들이 청부했다고?"

정수의 질문에 바닥에 무릎을 꿇고 있던 청부업자들이 공손하게 대답을 했다.

"네, 형님. 그래도 일단 겁만 주라고 했습니다."

"그렇습니다. 그 정도면 비교적 약한 수준의 청부입니다."

"그러면 사람 병신 만드는 청부도 있겠군."

"저희는 그런 건 안 하고, 뒤끝이 없는 것만⋯⋯."

"그렇습니다. 하여간 저희는 더러운 것은 안 합니다. 그런 건은 외국 애들 시킵니다."

"저희는 청부자의 말만 믿고 형님이 사기꾼인 줄⋯⋯."

"음, 이놈들 용궁에 보내, 말아? 애들 부를까?"

사정을 들은 정수는 청부업자의 처리를 고민했다.

경고 수준의 폭력만 쓰려 했으니 과하게 손을 쓰기는 꺼려졌다.

그러나 문제는 결정적인 키스 타임을 방해한 것이다.

이미 분노가 식어 손을 쓸 마음은 없지만, 왠지 쉽게 풀어 주기가 그랬다.

"형님, 살려 주십시오."

"저희는 정말 더러운 일은 안 합니다."

"사무실도 아는데 저희를 담그면 경찰이 개입할 겁니다."

"경찰이라? 그냥 깨끗하게 사무실까지 처리할까?"

"형님, 살려 주십시오."

"손을 쓰려면 깨끗하게 처리하는 것이 낫겠지."

"형님~!"

아마도 키스 타임을 방해한 원한이 깊은 것 같았다.

이미 분노는 식었지만 원한은 남은 것 같았다.

그때, 구원의 벨소리가 들려왔다.

은정의 메신저 소리였다.

"음, 잠시……."

정수는 은정의 걱정스런 메신저에 답신을 보냈다.

그리고 통화가 시작되었다.

"어! 도착했다고? 나도 이놈들 교육 끝났어. 뭐라고? 보고
싶다고? 알았어, 바로 갈게. 집 앞에 가면 연락할게. 음."

쩡쩡쩡!

은정과 통화를 마친 정수는 청부업자들에게 한 번 더 손
을 쓰고 떠났다.

그냥 가기에는 원한이 깊은 것이다.

또다시 청부업자들은 고통으로 바닥에서 꿈틀거려야 했다.

"으으~ 뭐, 저런 놈이 있지?"

"무슨 주먹이 이렇게 맵나?"

"으~ 저는 호흡법까지 써서 잔뜩 준비했는데, 더 아픕니다."

"존나 고수다. 저게 어떻게 사이비에 사기꾼이야?"

"아마도 송 사장이 실수한 것 같습니다. 그 아버지도 이상한 소문이 있지 않았습니까?"

"이상한 소문이요?"

"그냥 그런 게 있다. 그만 가자."

"저놈도 그쪽 세계 사람인 것 같은데, 이 정도로 끝난 게 다행입니다."

"그래."

나이 든 두 명은 송 노인에 대해 아는 것 같았다.

그랬기에 아들인 송 사장도 안면이 있는 조직원을 부른 것이다.

그런 사정을 아니 두 사람은 정수의 무서움을 확실히 느끼고 있었다.

한참 후에 고통에서 해방된 청부업자들은 서둘러 사라졌다.

그러나 정수의 원한이 끝난 것은 아니었다.

첫 키스 타임을 방해한 원한은 그만큼 깊었다.

"저기가 송 노인 자식이 있다는 건물이지?"

정수는 은정의 집을 찾아 결국 첫 키스를 할 수 있었다.

위기의 순간이 지나자 은정도 쉽게 키스를 허락한 것이다.

그래도 원인을 제거해야 하니, 청부업자를 심문한 정보대로 송 노인의 둘째를 찾았다.

그러나 송 노인의 자식에게 함부로 손을 쓸 수는 없었다.

그래도 스승처럼 생각하는 사람의 아들이었다.

그러나 정수에게는 손을 쓰지 않고도 사람을 괴롭힐 방법은 많았다.

마침 송 사장이 출근을 하고 있었다.

상대를 확인한 정수는 음부선사에게 받은 귀물 중에서 음산한 머리빗이 든 상자를 열었다.

"내가 이걸 쓰게 될 줄은 몰랐는데, 그래도 이거라도 써서 복수를 해야지. 옴 사바하……."

여자가 사용하는 머리빗이라서 그런지, 원한이 깊은 처녀 귀신이 붙어 있었다.

그러나 정수는 귀신을 그저 귀기로 보고 있었다. 영안으로 보면 귀기의 실체를 볼 수 있겠지만, 그럴 이유가 없으니 그저 귀기로 여기고 있었다.

정수는 음산한 머리빗의 귀기를 이용해 주문을 외우며 허공에 이상한 문양을 그렸다.

"음, 이 정도면 됐겠지. 실패하면 그것도 하늘의 뜻이지."

정수는 귀기를 송 사장에게 붙이는 술법을 펼쳤다. 물론 귀물까지 써서 귀기를 붙였으니 실패할 리가 없었다.

처음 써 본 주술이지만 좌도에 관해서는 천재적인 자질

이 있었다.

그러나 이런 주술은 반작용이 위험했다. 주술에 실패하거나 제령이 되면 정수에게 반작용이 오게 되는 것이다.

그러나 정수에게 이런 귀기 정도는 아무것도 아니었다. 이 정도 귀기는 정수에게 가벼운 유희거리였다.

주술을 마친 정수는 송 노인에게 전화를 걸었다.

"어르신, 어르신 둘째 아들이 청부업자를 불러서······. 그래도 어르신 자식인데 손을 쓸 수는 없어 귀신 하나 붙였습니다. 택배로 척사부 하나 보냈으니, 적당한 시기에 그걸 쓰십시오. 에이, 별로 센 귀신은 아닙니다. 귀신 하나 붙였다고 병신 되겠습니까? 하여간 어르신 아들이라 사정을 봐 줬습니다. 또 그러면 진짜 손을 쓸 수밖에 없습니다."

정수는 송 노인에게 사정을 설명했다.

송 노인은 자식이 잘못될까 봐 걱정했지만, 척사부를 보냈다는 말에 안심을 했다. 자신이 판단해서 벌을 그치라는 의미였기 때문이다.

'역시 돈 먹기 쉽지 않네. 떼돈 벌어서 좋아했는데, 이렇게 태클이 들어오는구나. 내가 실력이 없었으면 두들겨 맞고 돈을 돌려줘야 했겠지.'

정수는 집으로 돌아가며 큰돈에는 큰 문제가 따라온다는 것을 배웠다.

7
오덕

療夫遇西山

轉踵行路咸以餞之

春秋六十有二其年春秋六十有二其年

辟此下方瓤乾他方辟此下方瓤乾他方

塋

水頂三年乙廿一月

路賢人同鬼神而

塋

水頂三年乙廿一月

路賢人同鬼神而

東西山之重

집으로 돌아가는 기차에서 정수는 이런저런 생각에 잠겼다.

'그런데 그놈이 한 것이 태클이었지? 동영상을 보면 그라운드 기술을 모르면 무지 맞던데.'

자질은 부족해도 평생 수련한 것이 있으니 청부업자와의 싸움이 자연 떠올랐다.

태클과 그라운드 기술은 현대 무술이었다.

과거 무술은 화살과 칼이 오가는 전장을 기본으로 해서 그라운드 기술은 거의 없었다.

그라운드 기술은 일대일 상황, 그리고 급소를 공격하지 않는 룰이 있는 체육관에서 사용할 수 있는 기술이었다. 그라운드를 걸어도 눈이나 목, 생식기 등을 공격하면 쉽게 빠져나올 수 있다.

그래도 고무술로는 태클과 관절기를 상대하는 데 어려움이 많았다. 전혀 의외의 기술이라 접해 보지 않으면 쉽게 당할 수밖에 없었다.

정수는 현대 무술이 발전시킨 그라운드 기술과 관절기 등에 대해 생각했다.

그때, 좌석 건너편에 격투기에 대한 얘기가 나왔다. 요즘 격투기에 관심있는 젊은이가 많으니 드물지 않은 대화였다.

"난 아직도 크로캅이 산도스에게 스탠딩으로 발릴 줄은 몰랐다. 크로캅은 나이 때문에 이제 어려운 것 같아."

"전성기는 지났지. 요즘은 산도스가 잘 나가지. 이제는 케인과 산도스의 시대야."

"그래도 산도스는 브랜드가 약하잖아. 그래도 크로캅이 잘됐으면 좋겠다. 격투기 선수 중에 발이 주무기인 선수는 크로캅밖에 없잖아."

"그렇지. 격투기 초기부터 발 쓰던 선수는 다 작살났잖아. 크로캅 정도의 파괴력과 완성도가 아니면 발 쓰기 힘들지. 크로캅이 그래서 인기가 있는 거고."

"펀치도 효도르 정도면 송곳주먹이라는 네임이 붙잖아. 그래서 한동안 UFC 대신에 프라이드의 효도르와 크로캅 라이벌이 인기 있었잖아."

"격투기는 어차피 쇼인데 스타성이 있어야지. 노게이라

가 한동안 챔피언이었어도 팬은 많지 않았잖아."

"그런데 내가 이번에 보물 하나 주웠다. 폐업하는 DVD 점에 만화책 사러 갔다가 UFC 초기 대회 비디오테이프를 발견해서 냉큼 질렀지."

"UFC 초기 대회? 그게 몇 년도지?"

"15년이나 된 비디오테이프다. 부럽지?"

"와아! 그때 비디오테이프로 나왔다는 말은 들었는데, 그런 아이템이 남아 있었다니."

"너희도 15년 이상 된 집이 폐업하면 한 번 가 봐라. 혹시 구할 수 있을지 아냐?"

"에이, 초창기 대회도 유튜브에서 볼 수 있어."

"그런 것에 없는 장면도 많아. 그 테이프에는 전설적인 장면도 많아. 유명한 소림사 놈도 있고, 태권도 유단자 장면도 있어."

"아~ 그 대결. UFC가 서양 등빨의 위대함을 보여 준 대회지. 초창기 대회는 체급도 없었잖아. 솔직히 호리호리한 동양인이 100킬로 넘는 서양 덩치를 상대하기는 어렵지. 그런데 탱크 애보트 경기도 있냐?"

"있지. 초창기라 그런지 애보트가 면티 같은 걸 입고 나왔더라. 완전 이웃집 아저씨 분위기야. 초창기 대회라 선수들 복장도 다 제각각이고 촌티가 줄줄 나더라."

"애보트가 그런 분위기지. 왠지 정감있는 몸매잖아. 배

나온 이웃집 아저씨 몸매에 길거리 싸움 스타일이잖아."

"초창기에는 근육질보다는 등빨이 먹혔지."

"그래도 초창기는 브라질 유술가가 전부 휘어잡았잖아."

"그러더라. 아무리 근육질 거구도 일단 넘어지면 끝이더라."

"그때는 그라운드 기술을 몰랐던 때니 그렇지. 이제 기술이 다 공개되어서 넘어졌다고 무조건 당하지는 않잖아."

"하여간 쇄국하면 망한다는 말이 진리다."

"그래도 혹시 발경을 할 수 있는 고수가 없을까? 우리나라는 아직 산에서 수도한다는 사람이 조금은 있잖아."

"그거 다 뻥이지. 세상에 고수가 어딨냐? 벌써 격투기가 유행한 지 몇 년인데 고수 한 명 안 나왔잖아. 짱개들도 조용한데 우리나라에 고수가 있겠냐?"

"그래. 발경이나 장풍같은 건 다 뻥이야. 그게 다 짱개 무협 영화 영향이야. 이제 근육이 진리야."

"맞아, 근육이 진리야."

"그래. 너희들에게는 근육이 진리지. 얼굴이 안 되면 근육이라도 있어야지."

"뭐야? 너도 내세울 것은 없잖아."

"히히, 나야 집안 땅이 있잖아."

"으득! 좋겠다. 으득!"

"역시 돈이…… 졌다."

좌석 너머의 대화는 내공은 근육에 씹히고, 근육은 돈에 무릎 꿇는 것으로 끝났다.

그러나 정수를 자극하는 발언이 많은 대화였다.

정수는 얼마 전에 인터넷 채팅에서도 비슷한 대화를 들었다. 근육이 최고라는 말이었다.

무도에 있어 육체 단련도 중요하지만 그게 전부는 아니었다. 기술도 단지 싸워서 이기기 위해 익히는 것은 아니었다.

정수가 비록 예민한 체질을 고치려고 수련을 했지만, 평생 고련한 무도에 자부심이 많았다.

힘이 없는 것도 아닌데 자신이 수련한 무도가 약점이 많은 기술과 근육에 밀린다는 소리에 참을 리가 없었다.

'그런데 어떻게 강자를 논하는데 죄다 서양 놈들과 짱개 얘기만 나오냐? 무도도 울나라가 최고인데. 내가 한 번 뒤집어 볼까?'

정수는 서양 근육이 최고라는 소리에 위험한 생각을 떠올렸다.

종합 격투기가 활성화되면서 무도가의 설자리는 점점 줄어들고 있었다.

스포츠화된 무도라도 최소한 도를 담으려 하는데, 격투기에는 그런 것이 없었다.

무엇보다 서양 근육이 최고라는 말에 자극을 받았다.

그래서 정수는 이런 분위기를 뒤집겠다는 위험한 상상을 하게 되었다.

편벽한 좌도 체질에 제어할 스승도 없으니 할 수 있는 생각이었다.

머릿속에 번뜩이는 생각이 들자 정수는 바로 전화를 들었다.

"저 정수입니다."

정수는 제일로펌의 최 변호사에게 전화를 했다. 이제 거의 집사처럼 생각하고 있는 변호사였다.

―웬일이십니까? 무슨 문제가 있으십니까?

"네. 부탁할 일이 있습니다."

―무슨 일이십니까?

"제가 대회를 하나 열고 싶습니다. 저를 이기면 백만 달러를 준다고 선전해서 유명한 격투가들을 불러 겨뤄 보고 싶습니다."

정수의 머릿속에 떠오른 것은 서양 격투가를 불러들여서 한국 것이 최고라고 증명하자는 것이다.

정수는 짧은 세상 경험에도 사람을 어떻게 부려야 하는지는 알 수 있었다. 돈이 사람을 부리고, 전문가에게 맡기면 편하다는 사실이었다.

공연히 힘들게 찾아다니며 증명할 필요는 없었다.

꿀이 있으면 벌이 찾아오기 마련이라고 생각한 것이다.

―네? 현상 공모를요?

"이기면 백만 불을 준다고 하면 오지 않겠습니까?"

―그 정도면 오기는 하겠지만, 자극적인 소재라 신상이 드러날 겁니다.

"복면 쓰고 겨루면 됩니다."

정수는 돈으로 격투가들을 불러 힘을 드러낸다는 황당한 생각을 했다.

문제는 그걸 실천할 실력과 베짱이 있다는 것이다.

그리고 그런 구상을 실행할 전문가도 있었다.

정수의 구상에 최 변호사는 적극성을 보였다.

보통의 변호사라면 말렸겠지만, 최 변호사에게는 일생을 기다린 기회였다.

―고객님께 너무 위험한 일이라…….

"제가 인터넷을 살펴보니 죄다 서양 놈이 세다고 하는데, 이것도 사대주의 아닙니까? 우리나라 무도와 도맥이 최고입니다. 그걸 알려 줘야죠."

정수는 사대주의를 들먹이며 우리 것이 최고라는 말을 했다.

물론 심각하게 고민해 본 적도 없는 생각이었다.

정수는 단지 힘을 과시하며 일을 벌이고 싶은 것이다.

어렸을 때부터 산속에서 고생하다 벗어났고, 한창 혈기 왕성한 나이였다.

힘이 넘치기에 자랑도 하고 폭발시키고 싶은 마음이 넘쳤다.

그리고 마침 핑계가 생기니 마음이 움직인 것이다.

정수는 너무 빨리 고수가 되었다. 원래대로라면 30살 이후에나 조금 세상 출입을 할 수 있었을 것이다.

그때라면 혈기도 꺾이고 황당한 일도 벌이지 않을 나이였다.

그러나 지금은 한참 물불 가리지 않는 나이였고, 눈치를 볼 스승도 없는데다 힘도 넘쳤다.

—정말 위험한 일이라 걱정이 됩니다. 그리고 현상 공모를 하려면 돈을 기탁해야 하는데, 문제가 많습니다. 겨루는 사람의 수만큼 돈을 줄 수 있는 재력을 보여야 격투가들이 올 겁니다. 격투가는 고객님의 실력을 모르니, 누가 먼저 겨뤄서 벌써 상금을 받았다고 생각해 별로 오지 않을 수도 있습니다.

이처럼 현실적인 문제도 있었다.

프로 격투가들은 몇 개월을 준비해 대회를 준비하는 사람들이었다.

상식적으로 정수가 여러 명과 겨룰 수도, 이길 수도 없다고 생각해 많이 오지 않을 수도 있었다.

"그러면 유명세나 실력을 추정해 서열을 매겨 열 명 정도 선발해 겨루면 될 것 같습니다. 한 달마다 대회를 열어서 열 번 정도 하면, 인식을 완전 바꿀 수 있을 것 같습니다."

—신청을 받아 열 명을 선발해 겨룬다면 가능은 하겠습니다. 상금의 지급은 저희 로펌이 보증하겠습니다. 그러면

돈을 기탁하지 않아도 될 겁니다.

"지난번 받은 돈 외에도 현금은 많습니다."

―아닙니다. 고객님 실력을 믿을 수 있는데, 공연히 돈을 기탁할 필요는 없습니다.

황당한 구상이지만 역시 문제는 돈이었다.

돈이 있어야 격투가를 초청해 황당한 구상을 실현할 수 있었다.

그런데 최 변호사는 일생을 기다린 기회로 여기는지, 로펌까지 끌어들여 보증을 하겠다고 나섰다. 승리를 확신하니 할 수 있는 행동이었다.

물론 로펌의 동의 없이 독단적인 결정이었다.

"네, 그럼 공연 기획이나 광고사를 써서 거창하게 선전해 주십시오. 장소도 크고 좋은 곳으로 섭외해 주십시오."

―정보만 흘리면 언론사에서 알아서 크게 선전해 줄 겁니다. 그런 만큼 고객님의 신상을 조사하려는 사람이 많을 겁니다. 각오는 하셔야 합니다. 한 번 더 생각하시고 연락 주십시오.

"얼굴만 가리면 알아볼 사람도 없습니다. 로펌에서 새어 나가지 않도록 단속 좀 해 주십시오."

―각별히 주의하도록 하겠습니다. 그런데 아까 사대주의를 말씀하셨는데, 대상은 서양 격투가만입니까?

"한국 사람 중에 크게 유명한 사람도 없더군요. 자격은

한국 국적이 아닌 사람으로 해 주십시오. 일본과 중국에도
선전해 올 수 있도록 해 주십시오."

—네, 그렇게 기획서를 만들어 보겠습니다.

정수는 사고를 치기로 결심을 굳혔다.

최 변호사가 생각해 보라며 말은 했지만, 오히려 정수의
결심만 굳히게 되었다. 고단수의 화술이었다.

그리고 전화를 끊은 최 변호사에게 이상한 오오라가 흘
러나왔다.

근엄한 변호사가 아닌, 오덕의 분위기였다.

'오오! 이런 일이! 드디어 고수가 세상에 나오는 건가?
이참에 가르침을 청해 볼까? 이거, 천하제일무도회가 만들
어지는 건가? 일생의 기회다! 내 모든 내공을 모아 흥행을
성공시키겠다. 혹시 중국의 고수도 오게 될까?'

최 변호사는 없는 내공을 모아 공상 속에 있던 기획서를
타이핑했다.

세상을 흔들 파격의 바퀴가 구르고 있었다.

무술과 액션 장르의 역사는 깊었다.

남자라면 힘이 있어야 하니 젊어서 무술을 기웃거리지
않은 자는 없었다.

최 변호사가 비록 열심히 공부해 손꼽히는 로펌의 세금
전문 변호사가 되었지만, 이소룡을 시작으로 온갖 장르를

섭렵한 오덕이었다.

물론 수련은 전혀 해 보지 못한, 입만 고수인 오덕이었다.

그래도 오덕답게 가슴에 열정은 넘치고 있었다.

그 열정으로 인터넷에서 열심히 활동하고 있었다.

그러나 사회적 지위 때문에 신분을 숨긴 채 카페 활동을 할 수밖에 없었다.

그러나 이제 정수의 구상을 실현하기 위해 그런 족쇄가 끊어지게 되었다.

최 변호사는 유명한 격투 카페의 운영진을 소집했다.

국내에서 유명한 격투 오덕들이 있는 카페였다.

오덕답지 않게 돈이 넘치는 최 변호사였다.

정수 때문에 체면이라는 가면을 벗은 최 변호사를 막을 것은 없었다. 돈이 위력을 발휘하자 평소 댓글의 내공이 남다른 고수들이 모여들었다.

하루 동안 임대한 카페의 문에는 격투동 번개라는 글이 붙어 있었다. 문을 열고 들어오는 격투 오덕들의 나이는 다양했다.

신기하게도 곱상한 여자도 끼어 있어 오덕들의 마음을 흔들고 있었다.

사람들이 모이자 최 변호사가 나섰다.

"안녕하십니까, 이번 번개를 소집한 번개쌍절곤입니다."

최 변호사가 인사를 하자 사람들은 조금 놀랐다.

나이도 많고 점잖게 생긴 사람이 번개를 주관해서 놀란 것이다.

보통 운영진은 시간이 남아도는 백수인 경우가 많았다.

물론 내공 높은 오덕들답게 댓글을 달았다.

"교통비에 글러브까지 정말 주는 겁니까?"

"정말 회식도 거창하게 하는 거죠?"

"무슨 일인데 격투계를 흔들 사안이라는 겁니까? 혹시 한국에서 이벤트전이라도 열리는 겁니까?"

"여기 제 명함입니다."

오덕들의 질문에 최 변호사가 명함을 돌렸다.

보통의 종이 명함이 아니라 플라스틱 명함이었다. 명함의 재질만으로 내공이 넘쳐흘렀다.

물론 내용은 더 대단했다. 변호사에다 로펌의 책임 변호사였다.

"어, 변호사셨습니까?"

"부티가 나네."

"낚시는 아니었네. 이거, 번개쌍절곤 님, 잘 봐주십시오. 저도 고시생입니다."

나이가 있는 오덕들은 바로 명함의 위력을 알아봤다.

오덕들도 어쩔 수 없이 돈과 지위의 위력 앞에 무릎을 꿇을 수밖에 없었다.

"제가 사회적 지위가 있는데 허튼소리할 사람은 아닙니

다. 그 사회적 지위 때문에 조용히 활동을 했는데, 이번에 엄청난 이벤트가 생겨 여러분을 초청했습니다."

"네, 당연히 믿죠. 제일로펌이면 장차관도 허리를 숙이는 곳 아닙니까?"

최 변호사의 말에 고시생이 바로 맞장구를 치며 아부를 했다.

"어떤 사건입니까?"

"흐흐, 제가 드디어 전설의 고수를 만났습니다. 게다가 고수께서 현 무술계의 세태를 우려해서 격투대전을 열기로 했습니다. 자신을 이기는 사람에게 백만 달러를 주겠다고 현상 공모를 해서 외국의 격투가와 무술가를 부르겠다고 나섰습니다. 이건 비무대회이자 천하제일무도회입니다. 드디어 전설의 고수들이 세상에 모습을 드러낸 겁니다."

최 변호사가 열변을 토하는데, 카페에는 찬바람이 일었다. 흡사 남극에서 불어오는 것 같은 차가운 바람이었다.

"거기 제일로펌이죠? 거기 최 변호사님이라고 있습니까? 네, 있다고요? 신체적 특징은 어떻습니까? 네에."

"먼저 교통비와 핑거글러브부터 주십시오. 저 지방에서 올라왔습니다."

"이 정도면 입신의 경지인가?"

"그 정도는 아니지. 그래도 십덕의 경지이기는 하다."

최 변호사의 열변에 로펌에 확인 전화를 하는 오덕도 있고, 교통비부터 달라는 오덕, 최 변호사의 경지를 논하는 오덕도 있었다.

전혀 믿지를 않는 것이다.

"허허, 이런 불신의 시대라니……. 여기 교통비와 글러브입니다. 제가 이래서 미리 명함을 돌린 겁니다. 일단 이렇게 모였으니 이 기획서를 검토해 주십시오."

최 변호사도 사실 이런 사태를 우려해 명함부터 돌린 것이다.

그래도 쉽게 믿을 수 있는 말은 아니라 돈 봉투와 선물을 돌리고, 기획서의 검토를 부탁했다.

"여기 제일로펌 홈페이지에 얼굴이 있어요."

"정말이네? 로펌 변호사인 것은 사실이야."

그사이 스마트폰으로 검색을 한 오덕이 최 변호사에 대한 신뢰를 조금 높여 주었다.

"어쨌든 밥값은 해야죠."

"저도 내공의 고수가 격투계를 평정하는 상상을 해 본 적 있습니다. 그래도 돈질을 해서 외국의 격투가들을 불러온다는 상상은 특이하군요. 한 번 읽어 보겠습니다."

"그러죠. 밥값은 해야죠."

역시 돈을 먹이자 사람들이 움직였다. 믿지 않는다고 해도 돈을 먹었으면 움직이는 것이 예의였다.

그런데 기획서는 장난 수준이 아니었다.

첫 장에는 대회의 의의가 거창하게 적혀 있었다.

사실 정수의 힘 자랑인 대회지만, 첫 장에 있는 대회의 의의에는 온갖 좋은 말로 미화되어 있었다.

그리고 다음 장에는 대회를 위한 예산과 개최를 위한 업무 분담이 되어 있었다. 대회를 열려면 공연 기획사, 홍보 대행사, 보안 회사 등이 필요하니 적당한 회사 리스트가 있었다.

대회는 한 달에 한 번, 모두 열 번을 계획하고 있었다. 대회 때마다 열 명의 격투가와 대결할 계획이었다. 고수가 패하지 않으면, 대회를 열 번까지 개최할 계획이다.

물론 고수가 패하면 선수에게 상금을 주고 대회는 끝나게 된다.

그리고 대회 진행의 세부 계획과 규칙이 적혀 있었다.

이 부분을 오덕들에게 자문을 구하는 것이다. 대회 개최를 위한 진행과 계약은 로펌에서 하면 되지만, 실질적인 대회 운영에는 조언이 필요한 것이다.

일단 선수 선발이 문제였다.

백만 불이라면 프로가 아니더라도 참가하는 사람들이 많을 것이다.

그중에서 열 명을 골라야 했다.

누구나 납득할 기준이 없으면 시작도 전에 말썽이 생길 것이다.

규칙도 문제였다.

어떤 규칙도 없이 하느냐, 눈이나 성기 가격은 금지 하느냐, 그라운드도 인정하느냐의 여부도 정해야 했다.

글러브와 복장 문제도 정해야 했다.

무대의 모양과 바닥 재질의 여부도 정해야 했다.

최 변호사는 정수에게 기획서를 가져가기 전에 이런 부분까지 검토를 하고 보고를 하려고, 이 자리를 마련한 것이다.

최 변호사는 이런 문제의 코멘트를 위해 빈 칸을 두어 의견을 적을 수 있도록 했다. 백수 오덕과는 확연히 다른 능력과 재력이었다.

"정말 이런 대회를 열고, 고수가 나오는 겁니까?"

"고수라니, 말이 됩니까? 개망신당한 소림사 출신 선수가 있습니다. 이러다가 한국 무술계가 망신당할 수가 있습니다."

"첫판에서 지면 열 명에게 백만 불씩, 천만 달러를 줘야 합니다. 정말 제정신입니까?"

"제기랄, 외국 국적만 가능하잖아. 나도 나가고 싶은데. 백만 달러면 팔자를 고치겠다."

"혹시 치매가 있는 것은 아니겠죠? 그런데 정말 고수의 재산이 천만 달러나 됩니까?"

"크크, 사실이면 완전 배트맨이잖아. 완전 재벌에 짱 세잖아."

기획서를 읽어도 오덕들은 쉽게 믿지 않았다.

배가 나온 주제에 자격이 안 되는 것을 아쉬워하는 오덕도 있었다.

"일단 코멘트를 부탁합니다. 그 부분을 위해 여러분을 초대한 겁니다. 끝나면 거창하게 쏘겠습니다."

"정말 이런 대회를 열겠다는 겁니까?"

"사실이든 아니든 대회는 열리고, 천만 달러가 걸리게 됩니다."

"완전 미친 짓이야. 아무리 고수라도 어떻게 열 명과 차례로 싸웁니까? 그리고 여기에는 대전 간격이 없습니다. 대회는 하루 만에 끝나는 것 같은데, 체력을 회복하려면 한 시간은 쉬어야 합니다. 대전 시간을 고려하지 않더라도 점심은 먹어야 하니, 아침부터 저녁까지 해야 합니다."

"좋은 지적입니다. 그건 다시 고려해 보겠습니다. 그래도 워낙 고수분이라 무조건 한 방입니다. 열 명이라도 대전 시간이 너무 짧지 않을까 걱정일 정도입니다."

"그리고 열 명을 이기면 다시 한 달 후에 대회를 열고, 그걸 열 번 한다니요? 정말 세계적인 격투가 백 명을 이길 수 있다고 생각하는 겁니까? 첫 대회에서 끝날 것 같으니, 예산과 운영 계획을 다시 확인하는 것이 좋겠습니다."

"마음 같아서는 한 번에 백 명과 겨루게 하고 싶습니다. 고수께서는 충분히 그럴 실력이 있습니다."

"허허, 이거 최 변호사께서 미친 건지, 진짜 고수가 있는 건지 모르겠네."

대회 시간과 후속 대회 문제를 지적하자, 최 변호사는 오히려 너무 부족하다고 우려하고 있었다.

최 변호사의 말에 오덕들도 이제는 허탈한 웃음을 짓고 있었다.

"그리고 승패는 어떻게 정하는 겁니까? KO가 나지 않을 수도 있으니 시간을 정해 판정을 해야 합니다."

"판정으로 할 생각은 없습니다. 3분 정도 내에 승패가 안 나면 백만 달러를 주는 것으로 할 생각입니다."

"그럼 아예 방어 모드로 나올 수도 있습니다. 상대가 그라운드에 누워 방어하면 쉽게 끝을 낼 수 없습니다. 고수라고 하셨는데, 그라운드의 경험은 없을 것 아닙니까?"

"음, 그라운드와 방어라……. 그럴 수도 있겠군요. 그럼 고수를 5분 내에 쓰러뜨리지 못하면 지는 것으로 하겠습니다. 그러면 방어만 하거나 도망을 가지 않을 것 같군요."

"그렇게 해야 합니다. 백만 달러를 가지려면 공격을 해야죠. 방어와 회피만 해서 상금을 얻는다면 대회가 재미도 없고 우습게 될 겁니다."

승패 결정에 대한 지적도 있었다.

판정으로 할 것도 아니고 상금을 차지해야 하니, 공격적으로 나올 수 있도록 규칙을 정했다.

일단 검토의 열의가 오르자 사람들은 머리를 쥐어짰다. 상상만 해도 재미있는 주제라 다들 열의를 가지고 토론에 임했다.

"역시 선수 선발이 문제입니다. 백만 달러라면 참가하는 선수가 많을 겁니다. 그런데 체급은 상관없습니까?"

"상관없습니다. 고수가 체급 따져서 싸울 수는 없지 않습니까? 고수에게 근육과 체중은 상관없습니다."

선수 선발전에 체급 문제를 짚었다. 고수를 믿는 최 변호사는 당연히 체급은 따지지 않았다.

"일단 A급 대회의 랭커면 어느 정도 실력은 증명한 셈이니 리스트에 올려야 합니다."

"첫 대회에서는 열 명을 격투가로 채울 수는 없을 겁니다. 세미 프로나 일반인도 선발해야 하니 전투력을 측정할 수단이 있어야 합니다."

"맞습니다. 말썽을 피하려면 객관적인 전투력 수치를 측정해 순위를 매겨야 합니다. 백만 불입니다. 열 명에 끼지 못하면 난동을 부릴 수도 있으니 객관적인 데이터는 필수입니다."

"그건 간단합니다. 기계는 조작의 우려가 있으니 레일 샌드백으로 시간을 측정하는 겁니다. 샌드백을 치는 펀치력과 기술과 스테미너를 측정할 수 있습니다."

레일 샌드백은 샌드백을 긴 줄에 걸어 전진하면서 때리

는 훈련 도구였다. 일정 구간 샌드백을 쳐서 전진하는데 걸린 시간을 측정하겠다는 의미였다.

"펀치력과 힘이 전부는 아닙니다. 싸움에 순발력은 필수입니다. 기술은 또 어떻고요?"

"경험과 기술은 전적으로 평가하면 됩니다. 순발력은 제자리 멀리뛰기 같은 것을 측정해 보너스 점수로 참고하면 됩니다. 기술도 목인방이나 샌드백을 설치해 보너스 점수를 받을 수 있게 하면 되고요."

오덕들은 선수 선발을 위해 대회나 전적, 신체 능력의 객관적 측정치, 기술과 순발력 등의 보너스 점수 같은 지혜를 짜냈다.

"그런데 너무 복잡해지지 않습니까? 차라리 10명 선발을 위한 토너먼트를 하는 것이 좋겠습니다."

"토너먼트를 열면 부상의 위험도 있고, 회복을 위해 한 달은 쉬어야 합니다. 토너먼트를 한다고 하면 백만 달러라도 랭커들은 참가하지 않을 겁니다."

"전적, 기술, 신체 능력으로 어느 정도 견적은 나옵니다. 종이 한 장 정도의 실력 차이가 아니라면 누가 위인지 판단하는 것이 어렵지는 않습니다. 큰 말썽 없이 선발할 수는 있을 겁니다."

오덕들은 선수 선발을 위해 많은 지혜를 짜냈다.

최 변호사는 어느 정도 윤곽이 그려지자 끼어들었다.

"여러분들이 선수 선발에 나서 주시기 바랍니다. 다들 능력이 있으시니 심사위원을 맡아 주십시오."

최 변호사는 오덕들에게 심사를 맡아 달라고 부탁했다.

원래 이것을 위해 부른 것이다.

대회 진행이야 로펌과 계약한 회사가 하겠지만, 선수 선발은 맡을 사람이 없었다.

"저희가 어떻게?"

"한국에도 프로 선수가 있고 협회도 많지 않습니까? 그런 데 의뢰해 보십시오."

"그 사람이나 협회에서 제대로 하겠습니까? 그리고 협회 같은 것을 끌어들이면 골치 아픈 문제가 생깁니다. 차라리 여러분들이 객관적으로 심사하실 수 있을 겁니다. 심사비도 넉넉히 줄 테니 시간이 되시는 분은 맡아 주십시오."

"당연히 맡아야죠. 이런 세계적 대회의 심사위원이라면 대단한 영광입니다."

"맡겨만 주십시오. 제가 최선을 다해 공정하게 심사하겠습니다."

돈을 준다는 소리에 백수들이 바로 반응을 했다. 그리고 열의를 가지고 다른 문제도 거론했다.

"그런데 고수분이 매트에서 가능하겠습니까? 땅에서 수련하신 분들은 부드러운 매트에 쉽게 적응할 수 없습니다. 차라리 탄력있는 나무 바닥으로 하는 것이 좋겠습니다."

"음, 그건 생각을 못했습니다. 한 번 상의해 보겠습니다."

"나무 바닥에 천을 대면 외국 선수들도 크게 낯설어 하지는 않을 겁니다. 그리고 중국이나 일본의 숨어 있는 고수를 불러오려면 목재 바닥도 좋겠습니다."

"글러브도 고수분과 상의해 주십시오. 맨손으로 하면 고수분께 유리하겠지만, 당국에서 막을 수도 있습니다. 선수가 다치지 않도록 안전 규정도 만들어야 합니다."

"네, 안전 규정은 확인하도록 하겠습니다."

돈을 미끼로 심사위원에 위촉한다고 하자 토론은 더욱 매끄럽게 흘러갔다.

토론이 거듭되자 차츰 대회의 세부적인 모습이 정해졌다.

역시 최 변호사는 유능했다. 오덕들을 모아 토론하지 않았다면 대회를 열어도 문제가 많이 생겼을 것이다.

워낙 황당한 대회라 철저히 준비해도 문제가 많이 생길 수 있었다.

최 변호사는 가끔 당근을 투입해 오덕들을 쥐어짜며 기획서의 완성도를 높였다.

물론 충동적인 기분에 전화 한 통으로 일을 맡긴 정수는 편하게 폐인 생활을 이어 가고 있었다.

정수는 너무 빨리 세상을 알아 갔고, 사람을 다루는 것을 익힌 것이다.

8
천하제일무도회

避踵行路戚以錢之避踵行路戚以　　不瘤手遇西

春秋六十有二其年春秋六十有二其年

辭此下方魏乾他方辭此下方魏乾他方

墓　　　　墓

永徽二年乙廿一日　永徽二年乙廿一日

路賢人回鬼神而　　路賢人回鬼神而

墓其遷西山之　　　墓其遷西山之

완벽한 기획서를 위해 쉼없이 달린 최 변호사는 정수의
집을 찾았다.

손에는 오덕들의 땀이 서린 기획서가 들려 있었다.

그리고 준비물도 많이 들려 있었다.

"험험, 오셨습니까?"

방 안은 아직 돼지 우리였다.

정수는 손님이 오자 거실이 지저분한 것이 부끄러운지
헛기침을 했다.

그래도 할머니를 보러 강릉사를 자주 가서 외모는 깨끗
했다.

"가정부라도 고용해야겠군요."

"집에 보물이 많아서…… 험험, 그런데 대회 준비는 잘 되고 있습니까?"

정수는 대회 준비를 물으며 화제를 돌렸다.

"이게 기획서입니다. 검토를 하다 보니 상의할 사항이 많습니다. 일단 바닥 재질, 글러브, 대결 시간, 승패 결정의 문제가 있습니다."

최 변호사는 정수가 결정해야 하는 문제를 설명했다.

"바닥은 상관없습니다. 매트와 나무를 두 개 만들어 상대가 원하는 곳에서 하겠습니다. 글러브도 상관은 없습니다. 그래도 맨손으로 때리면 최대한 내상을 입지 않게 할 수 있습니다. 글러브를 끼고 때리면 내상을 입힐 수도 있습니다."

"맨손으로 수련하셨으니 글러브를 끼면 조절하기 힘드시군요. 이건 사람들과 상의해 보겠습니다."

"안전 규정이 문제면 글러브를 끼고 연습해 보겠습니다. 그래도 맨손만큼 조절할 수는 없을 겁니다. 그리고 대결 시간이나 승패 결정은 상관없으니 알아서 하십시오. 머리와 수염이 하얀 노인만 나오지 않으면 패할 리는 없습니다."

정수는 노고수만 아니라면 패할 리가 없다고 생각해 여러 문제를 알아서 하라고 말했다.

"노고수만 아니면 승리를 자신하시군요. 그런데 대결을 빨리 끝내실 겁니까?"

"한 방 이상 필요하지는 않을 겁니다. 열 명이니까 이동하는 시간을 넣어도 한 시간이면 될 겁니다."

"역시 그렇군요. 그런데 그러면 흥행도 안 되고, 짜고 했다는 오해를 살 수 있습니다."

"음, 짜고 했다라? 그러면 한쪽 벽에 매트를 대 주십시오. 쳐서 날려 버리겠습니다. 그 정도면 짜고 했다는 오해는 없을 겁니다. 그리고 시간은 저도 어쩔 수 없습니다. 봐 주면서 하기도 그렇지 않습니까? 그래도 한 방에 쳐서 날려 버리면 흥행은 될 겁니다."

정수는 한 방에 끝나면 오해가 있을 수 있다는 말에 상대를 날려 버려서 끝내기로 했다.

정수의 말에 최 변호사는 연신 고개를 끄덕이며 감탄했다.

그리고 경기 진행에 대한 상의가 끝나자 계약과 예산 문제를 말했다.

원래 이것부터 보고하고 의논해야 했지만 돈 문제 때문에 정수가 안 한다고 할까 봐 뒤로 미룬 것이다.

일단 대결 문제로 흥미를 올리고 예민한 문제를 내민 것이다.

"이게 예산 계획입니다. 첫 대회는 광고를 유치하기 어려울 것 같아 출혈이 크겠지만, 일단 실력을 드러내시면 세계가 놀라서 광고가 쏟아질 겁니다. 제가 보증이라도 서서

운영비를 조달하도록 하겠으니 신경 쓰실 필요는 없습니다."

큰 이벤트를 개최하려면 최소한 백억은 필요했다.

물론 일단 계약금만 주고 대회가 끝날 때 잔금을 주면 되지만, 계약금, 운영비, 경기장 대관비 등 먼저 지급해야 할 금액만 수십억이 필요했다.

최 변호사는 첫 대회의 비용을 내밀며 실력만 보이면 돈은 쏟아진다는 말로 출혈을 덮었다.

그리고 혹시 정수가 비용을 보고 포기라도 할 것 같아 걱정하는지 자신이 내겠다고 자청을 했다.

그러나 정수는 다른 자금줄이 있었다.

마침 금덩이가 현금으로 돌아와 있었다.

"얼마 안 하네요. 현금과 수표로 줘도 되죠?"

"현금이요? 네, 됩니다. 현금과 수표로 지급하면 세금 문제가 복잡해지지만, 회계 처리야 대회가 끝나고 해도 되니 상관없습니다."

"그런 게 자금 세탁이군요. 하여간 비용이 좀 들어도 되니 문제없이 처리해 주십시오. 혹시 예산 축소한 거면 더 주고요."

"한 번에 다 지급하는 것은 아니고, 일정이 진행될 때마다 나눠서 주는 겁니다. 일이 꼬이지만 않으면 더 이상 고수님의 돈이 필요하지는 않을 겁니다."

부담되는 돈 문제가 넘어가자 최 변호사는 사인과 도장을 찍어야 할 많은 서류를 넘겨줬다. 위임장부터 시작해 고수기획이라는 회사 설립 서류까지 있었다.

　"위임장이야 알겠는데, 이건 뭡니까?"

　"법인을 세워야 고수님이 드러나지 않습니다. 고수기획의 명의로 계약을 하고, 세금을 내야 합니다."

　"그냥 변호사님 이름으로 하면 안 됩니까?"

　"돈 쓰는 것이야 상관없는데, 수익이 발생하는 것이 문제입니다. 나중에 어떤 식으로든 회계 처리하고 세금을 내야 하니 법인을 앞세워야 합니다."

　"제가 90% 주식을 가지는 것으로 되어 있는데, 그렇게 되면 다 드러나는 것 아닙니까?"

　"일단 법인 설립 신고를 할 때는 고수님을 빼서 신고하고, 바로 주식 양도를 하면 됩니다. 그리고 상장할 것도 아니니 주식 변동 사항은 공개하지 않아도 됩니다. 혹시 세무조사가 나와도 주주 명부를 숨겨 두면 세무서에서도 변동 사항을 모를 겁니다. 나중에 주식 변동을 늦게 신고했다고 벌금이야 맞을 수 있지만, 그 정도는 감수하면 됩니다. 그리고 배당하지 않으면 주주에게 세금을 매기지 않습니다. 지분 재평가로 세금을 매길 수 있지만 3년은 지나야 하고, 서류상 아직 제가 대주주이니 제가 내면 됩니다. 누구 명의든 세금은 냈으니 큰 문제는 없습니다. 그걸 내려고 제가

9% 가지고 있는 겁니다."

"너무 복잡한 것 아닙니까?"

"이 정도는 간단한 겁니다. 신분을 숨기려 서류상 해외에 법인을 세워서 국내로 들어오는 정도는 흔한 일입니다."

"아, 언론에서 떠드는 검은 머리 외국인 말이군요."

"이제 그 수법은 다 알려서 로펌이나 대기업은 새로운 수법을 연구하고 있습니다. 부끄럽지만 그런 루트를 만드는 것이 큰돈이 됩니다."

최 변호사는 로펌이 하는 일을 부끄러워했다.

세금 전문 변호사였으니 재벌이나 부유층의 비리를 많이 아는 것 같았다.

그러나 정수는 오히려 기꺼워했다.

"저도 필요할 수 있겠군요. 나중에 돈세탁할 것이 있으면 연락하겠습니다."

"네에? 하여간 정부에서 작정하고 조사하면 끝까지 숨기지는 못할 겁니다. 그때는 언론 플레이를 하고 정치적으로 해결하면 됩니다. 정부가 압박해 고수님이 산으로 떠난다는 정도의 말을 하면 쉽게 해결할 수 있을 겁니다. 사실 이런 조치는 정부보다는 기자들 때문입니다. 정부만 나서지 않으면 이걸로 기자들은 막을 수 있을 겁니다."

"그냥 다 변호사님 명의로 하면 안 됩니까?"

"법인을 세워 세금을 내는 것이 최선입니다. 제 뒤에 고수님이 있는 것을 다 아는데, 제 이름으로 계약하고 수익을 얻으면 정부가 나설 핑계가 될 수 있습니다."

최 변호사가 한참 설명했지만 정수는 쉽게 이해할 수 없었다. 그저 신분을 숨기기 위한 방법으로 이해했다.

정수는 그냥 최 변호사가 내미는 많은 서류에 사인을 하고 도장을 찍어댔다.

이해하지 못하고 도장 찍는 것도 사기당하는 지름길이지만, 정수는 신경 쓰지 않았다.

이 많은 서류들은 신분을 숨기는 방편이지, 돈을 벌려는 것이 아니기 때문이다.

서류 정리가 끝나자 최 변호사는 가방에서 준비해 온 것들을 꺼냈다.

"이건 착용하실 복면입니다. 제가 특별히 주문 제작해 질기고, 투시 카메라도 막고, 얼굴 윤곽도 감출 수 있게 만들었습니다. 그런데 선글라스까지는 쓸 수 없으니 눈은 어쩔 수 없습니다."

복면은 푹신한 프레임까지 있어 얼굴과 코의 윤곽을 감추고 귀까지 덮고 있었다.

"눈이요? 눈은 이렇게 하면 됩니다."

정수는 최 변호사가 준 두건을 두르고 눈썹을 위로 밀어 올렸다. 그러자 눈썹이 위로 치솟고 눈매가 사나운 얼굴이 되었다.

"앗! 역용술! 역용술도 있었군요!"

정수의 눈매와 눈썹이 변하자 최 변호사는 몸까지 부르르 떨며 감격했다.

오덕에서 십덕으로 진화하는 듯 보였다.

"역용까지는 아니고, 피부만 조금 움직일 수 있습니다. 역용이면 근골까지 움직일 수 있어야 하는데, 그것은 못 배웠습니다."

"대단합니다. 그 정도만 해도 인상이 완전히 변했습니다. 그런데 광고를 위해서 사진 좀 찍어도 되겠습니까? 원래는 뒷모습을 찍으려고 했는데, 역용을 하셨으니 앞모습을 찍어도 되겠습니다."

"어차피 대회에 나가면 얼굴이 팔리니 상관없습니다."

"그럼 여기에도 손도장 같은 것을 찍어 주십시오. 제대로 광고해 드리겠습니다."

최 변호사는 광고에 쓸 사진과 격파 시범을 보일 나무와 철판을 내밀었다.

그리고 갈아입을 한복과 이상한 외투, 신발도 주었다.

"이건 경기장에서 입으실 도복입니다. 제가 퓨전 한복으로 준비했습니다."

"품이 넉넉해 편하군요. 그런데 이 외투는 뭡니까? 겉에 걸치는 쾌자도 아니고, 어깨에는 뽕도 들어 있는데요?"

한복이야 원래 편한 옷이라 퓨전으로 변형시켰다고 하여 불편한 것은 없었다.

그런데 겉에 입는 외투가 문제였다.

한복에는 원래 겉에 걸치는 쾌자라는 것이 있는데, 이건 어깨에 뽕이 들어간 외투였다. 느낌은 꼭 망토를 두른 듯한 느낌이었다.

그래도 가벼운 비단으로 되어 있어 가볍고 움직이는 데 지장은 없었다.

"요즘에는 안면 인식 정도는 기본이고, 신체 비율로 신분을 인식하는 프로그램도 있습니다. 하지만 그것으로 신체 비율도 감출 수 있고, 망토처럼 되어 있어 멋도 있습니다. 제가 특별히 준비한 작품입니다. 이 신발도 주문 제작한 키 높이 신발입니다. 약간 불편하시더라도 감수해 주십시오. 실력 발휘하시는 데 문제는 없으시죠?"

최 변호사는 만화에나 나올 망토를 그럴듯하게 포장해 정수에게 입혔다.

정수도 영화와 미드를 봐서 신체 비율로 신분을 확인하는 방법이 있다는 것을 알고 있었다.

그래서 오덕 느낌이 물씬 흐르는 망토를 억지로 걸쳤다.

최 변호사는 지금 정신분열 초기인 것인지도 몰랐다. 고상한 변호사와 오덕이라는 두 인격이 정수의 등장으로 서서히 드러나고 있었다.

"그런 건 저도 미드에서 봤으니 어쩔 수 없죠. 신발도 가볍고 편한 게 좋습니다. 그럼 현금도 꺼내야 하니 지하로 가시죠."

정수는 약간 이상한 복장이지만 감수하기로 했다.

정수는 최 변호사가 준비한 한복과 두건, 오덕스러운 외투를 방에서 입고 지하실로 내려갔다.

최 변호사는 배경이 될 파란색 보드를 설치했다.

정수의 모습만 남기고 배경은 CG로 처리하려는 것이다.

최 변호사는 직접 사진과 동영상을 찍을 준비를 갖춰서 왔다. 직접 일을 해서 비밀을 아는 사람을 줄이려는 것이다.

물론 정수의 실력을 직접 보려는 것이 주 목적이었다. 사진기 앞에 서자 정수는 조금 굳은 표정으로 파란색 보드판을 뒤로한 채 자세를 취했다.

"사진이나 동영상은 약간 흐리게 처리할 생각입니다. CG 작업도 할 테니 염려하실 필요 없습니다. 자연스럽게 포즈를 취해 주십시오."

최 변호사는 정수를 안심시키며 사진을 찍었다.

메모리를 꽉 채우며 사진을 마무리하고는 캠코더를 들었다. 나무와 철판은 탁자 위에 올려져 있었다.

"이 각도가 좋겠습니다. 화면에 고수님과 나무와 철판이 다 잡힙니다."

최 변호사가 준비를 마치고 싸인을 보내자 정수가 천천히 손을 두 번 내려쳤다.

투웅, 투웅.

은은히 울리는 소리가 지하실을 울렸다.

그러나 낮은 소리와 달리 결과는 놀라웠다. 나무판자는 손바닥 모양으로 완전히 뚫렸고, 철판도 손바닥 모양으로 깊이 우그러들었다.

탁자도 두 곳이 움푹 들어가 더 이상 쓰기 어렵게 되었다.

정수가 물러가자 최 변호사가 캠코더를 들어 가까이 가져다 나무와 철의 상태를 자세히 찍었다.

"오오! 대단합니다. 이런 게 발경이야! 아, 눈물이 나려고 하네. 너무 감격스런 시범이었습니다."

캠코더를 끄고 최 변호사가 뒤늦게 발광을 하며 난리를 쳤다.

나이 든 사람이 발광을 하자 정수는 잠깐 당황을 했다.

최 변호사에게서 왠지 위험한 기운이 피어올랐다.

이건 완연한 십덕의 향기였다.

"진정하시죠. 일단 사진과 동영상을 확인하죠."

"네. 흑흑, 이거 부끄러운 꼴을 보였습니다. 너무 감격스런 시범이라……."

정수는 최 변호사가 너무 흥분한 것 같아 새삼 사진과 동영상을 확인하자고 했다.

그냥 맡겨 두기에는 위험할 것 같은 생각이 들었기 때문이다.

정수는 사진과 동영상을 보며 자신의 얼굴이나 지하실의 구조가 드러나는지 확인을 했다.

"사진은 어떤 게 좋을지 모르겠습니다. 변호사님이 알아서 골라 광고에 쓰십시오. 동영상도 괜찮은 것 같은데, 이런 건 올려도 조작이라고 말할 것 같습니다. 인터넷에 별별 영상이 다 있어서……."

"그렇겠군요. 인터넷에 조작된 영상이 넘쳐 나서 문제군요. 동영상은 홍보 회사와 상의해서 결정하겠습니다."

"그럼 믿고 맡길 테니 알아서 준비해 주십시오."

"고수님의 실력에 걸맞는 최고의 대회로 철저히 준비하겠습니다."

정수의 실력을 재차 확인한 최 변호사는 부하처럼 굽신거리며 충성 맹세 같은 다짐을 했다.

"이건 대포폰과 이메일 주소, 비밀 번호입니다. 고수님의 실력이 드러나면 많은 관심이 집중될 겁니다. 이 대포폰도 되도록 쓰지 마시고, 보고와 연락은 계정에 메일을 임시 보관해 두겠습니다. 가끔 들어와 임시 보관함을 확인해 주시고, 할 말이 있으시면 메일을 작성해 임시 보관 버튼을 눌러 보관하시면 됩니다. 메일이 오가는 것도 아니니 더 안

전할 겁니다."

"임시 보관이요? 알겠습니다. 그런데 혹시 첩보원 출신
이십니까?"

"큰 소송이 벌어지면 서류 하나도 분쇄해서 버리고, 도
청도 항상 염두하여 전화를 할 정도입니다. 상류층들은 도
청을 항상 염두하고 통화를 하는 편입니다. 그리고 로펌에
조사원도 많아 이것저것 들은 것이 많습니다. 그럼 자주 연
락드리지는 못할 테니 이해해 주십시오."

최 변호사는 기획서와 메모리 카드, 돈다발이 든 가방을
들고 돌아갔다.

천하제일무술대회의 막이 오르고 있었다.

"뭐야, 이건? 게임 광고인가?"

"복면고수를 이겨라? 게임 같은데? 그런데 웬 백만 불?
설마 게임 대회 상금이 백만 불인가?"

포털에 '복면고수를 이겨라' 라는 문구로 광고가 떠올랐
다. 상금이 백만 불이라는 단어도 흥미를 끌어모으고 있었
다.

홍보 회사에서 '복면고수를 이겨라' 라는 카피를 만든 것
이다.

정수는 이제 복면고수라 불리게 되었다.

PC방에서 광고를 보던 사람이 친구에게 게임 대회인지

물으며 클릭을 했다. 게임 광고 같은 느낌이 나는 문구이기 때문이다.

이 광고는 미국의 주요 포털에도 올라가 있었다.

"뭐냐? 게임이 아니라 격투대회야? 그런데 왠지 오덕후의 냄새가 나는데?"

"울나라에서 격투기 대회가 열리냐?"

"그래. 아주 부자 오덕후가 돈지랄을 하는 것 같아."

"어디 보자. 뭐야? 이런 미친 새끼. 이런 돈 있으면 나를 주지."

사람들의 반응은 황당함과 분노였다.

너무 어의가 없는 규칙에 황당함을 느끼고, 돈지랄에 화를 냈다.

격투기를 조금이라도 아는 사람은 하루에 열 명과 대결하는 것이 얼마나 말이 안 되는지 알고 있었다.

승리의 가능성이 조금도 보이지 않는 대결이었다.

오직 몇 명까지 이기느냐의 문제였다.

그리고 첫판에 지면 개망신에 돈도 날리는 것이다.

"그래도 흥행은 되겠는데?"

"무슨 흥행? 몇 번이나 이기는지 내기라도 걸려고? 백만 불이면 랭커도 오겠다. 오덕후 새끼, 한 방에 떡실신되어 실려갈걸?"

"그래도 재미는 있겠다. 그리고 무료잖아."

"그런데 사기 아냐? 첫판에 지면 열 명에게 다 줘야 하잖아. 천만 불이 애 이름이냐?"

"여기 상금은 제일로펌에서 보장한다고 하는데."

"로펌이라고? 정말 돈 많은 미친놈이잖아. 아, 누구는 부모 잘 만나 돈지랄할 돈도 있고, 세상 참 불공평하다."

"이거, 안 될 수도 있겠다. 복면고수라는 놈의 가족이 알면 당장 정신병원에 처넣겠다."

"어, 그럴 수도 있겠다."

"그럼 돈은 어떻게 되지?"

"대회가 안 열리는데 무슨 돈?"

"하여간 별 미친놈이 다 있다."

둘은 상식에 따라 복면고수가 정신병원으로 끌려가 대회가 무산될 것이라 추측했다.

그러나 이건 법률상 현상 광고였다.

일단 조건을 걸고 공모를 하면 공모의 내용에 따라 상금을 지급해야 하는 광고였다.

그래서 굳이 제일로펌이 지급을 보증한다고 하는 것이다. 일단 열 명에 선발이 되면 대결이 없어도 돈을 준다고 강조하고 있었다. 랭커들이 안심하고 지원할 수 있도록 규칙을 정한 것이다.

문제는 제일로펌이었다. 천만 불을 기탁하지도 않았는데 지급 보증을 한 것이다.

그리고 로펌이 이런 대회를 주관하는 것도 모양이 좋지 않았다. 최 변호사의 독단이었다.

"아니, 자네가 아무리 파트너지만 이런 일은 사전에 상의했어야지. 우리 로펌의 얼굴에 이렇게 먹칠을 할 수 있는가?"

"아직 상금을 기탁하지도 않았습니다. 그 돈을 최 변호사가 책임질 겁니까?"

"그리고 왜 서류가 없는 겁니까? 자네가 그동안 바쁘던데, 서류가 있어야 상담비를 청구할 것 아닙니까? 고객이 정말 있는 겁니까? 혹시 자네가 그 고수는 아니겠지?"

최 변호사는 연신 동료들에게 질책을 받고 있었다.

당연한 질책이었고, 자존심 높은 변호사로서 동료의 질책은 체면이 깎이는 일이었다.

그러나 최 변호사의 표정은 담담했다.

"이 문제는 제가 완전히 책임지겠습니다. 로펌에 손해가 있으면 제 재산으로라도 보상하겠습니다."

"그깟 돈이 문제가 아닙니다. 이게 무슨 망신입니까? 고객들이 우리 로펌을 어떻게 생각하겠습니까?"

"그런데 정말 고수이기는 한 겁니까? 너무 형편없이 깨지면 정말 망신입니다. 그렇게 되면 로펌의 이름을 바꿔야 할 정도의 망신입니다."

"자신없으면 제가 이런 일을 벌였겠습니까? 안심하십시오. 우리 로펌의 이름이 세계에 휘날리게 될 겁니다."

최 변호사가 한껏 자신감을 드러내자 동료들은 골치 아픈 표정을 지었다.

그리고 최 변호사의 정신 문제를 의심했다.

"어이구, 머리야. 자네 혹시 치매가 생긴 것은 아니겠지?"

"정신 감정이라도 해야 하지 않겠습니까?"

"해고부터 하고 우리는 발을 빼야 합니다. 망신당할 것이 빤합니다. 이제라도 리스크 관리를 해야 합니다."

"찬성입니다. 아직 발을 뺄 수 있습니다."

최 변호사의 정신의 의심하던 동료들은 점차 리스크 관리 쪽으로 애기를 돌렸다.

"이미 투입된 자금이 25억입니다. 저를 해고하고 무단으로 계약을 해지하면 손해배상금이 백억은 될 겁니다."

동료들이 말에 최 변호사는 백억을 들먹였다.

이미 최 변호사는 이런 사태를 예견하고 치밀한 계약서를 작성했다. 로펌이 일방적으로 계약을 해지하면 백억 정도의 손해를 배상해야 하는 것이다.

벌써 전 세계에 광고도 하고 진행된 일이 많았다.

투입된 자금이 25억이면 전체적으로 백억 정도의 프로젝트였다.

물론 최 변호사가 부풀린 것이지만, 전체 계획을 고려하며 그 정도 금액은 나왔다.

"아이구, 머리야."

"최 변호사, 좋게 해결합시다. 이번 기회에 독립하세요. 계약은 독립해서 인수하면 되지 않습니까?"

"그럽시다. 우리까지 끌고 갈 필요가 있겠습니까? 천만 불 보증은 우리가 절반은 담당하겠습니다. 돈이 문제가 아니라 체면이 문제입니다."

한 변호사가 상금 보증의 절반까지 담당할 수 있다는 제안을 했다. 다른 사람과 의논한 제안은 아니지만, 로펌의 존속을 위해 제안한 것이다.

절반이란 말에 다른 변호사들도 눈치를 보며 침묵으로 동의를 했다.

"대회를 열려면 로펌의 이름이 필요합니다. 백억을 배상하고 저를 해고하시든지, 제 안목을 믿고 기다려 주십시오. 첫 대회가 지나면 제게 지분과 보너스를 주실 겁니다."

"어이구, 머리야."

"으, 혈압이……."

"정말 그렇게 자신하는 겁니까?"

"제가 부귀와 명예를 누리고 있는데 괜한 위험을 감수할 것 같습니까? 정말 전설의 고수입니다. 일반적인 격투가 정도면 그냥 한 방에 끝납니다. 이제 세계의 시선이 일 년

곡, 하산하다

동안은 한국과 우리 로펌에 쏠릴 겁니다. 이제부터 체력이
라도 비축해 두십시오. 일 년간 정신없이 바쁘게 될 겁니
다."

최 변호사는 부귀공명을 운운하며 위험은 없다고 설득하
며 밝은 미래를 그리며 물러갔다.

최 변호사가 나가자 이사들은 서로 눈치를 봤다. 손해배
상을 각오하고 발을 뺄지, 끝까지 갈지 결정해야 될 시간이
었다.

"제가 최 변호사 팀의 보조 변호사를 불러 고객에 대해
물었는데, 대답을 못 들었습니다. 그저 진짜 고수라는 대답
만 들었습니다."

"저도 조사를 위해 비서를 시켜 알아봤는데, 사무실에는
서류가 없다고 합니다. 비밀 유지를 위해 벌써 서류를 빼돌
리고 파기했습니다."

"두 보조 변호사가 다 그럽니까?"

"모두 자신하고 있었습니다."

"그럼 최 변호사가 미친 것은 아니군요. 그래도 불행 중
다행입니다. 허접한 실력은 아니겠군요. 다들 어떻게 하실
겁니까? 투표로 결정하겠습니까?"

"단체로 미치지는 않았을 테니 끝까지 가도록 합시다.
로펌이 먼저 고객을 해고할 수는 없는 일 아닙니까?"

"그렇게 자신할 정도면 몇 명은 이기겠습니다. 망신당할

정도만 아니면 이것도 노이즈 마케팅이 될 수 있습니다."

"보조 변호사들까지 굳게 입을 다물 정도의 실력이면 저도 끝까지 가는 것에 찬성입니다."

"벌써 세 분이 끝까지 가는 것으로 말씀하시니 그렇게 하겠습니다. 망신당할 정도의 실력자는 아닌 것 같으니 다들 대회 운영에 지장이 없도록 도와주십시오."

"그러는 것이 좋겠습니다. 세계의 시선을 모아 놓고 진행이 엉망이면 그것도 망신입니다. 무료 경기라 사람이 많이 몰릴 것 같으니 경찰의 지원을 받을 수 있도록 하겠습니다."

결국 제일로펌의 이사들은 발을 빼지 않기로 결정했다.

최 변호사가 자신할 정도의 실력은 있는 것으로 판단한 것이다.

그리고 어쩔 수 없이 발을 담갔으니, 지원을 해서 대회를 매끄럽게 진행하기로 의견을 모았다.

심사위원회는 부도가 난 헬스 클럽을 임대해 선수 선발을 위한 준비를 마쳤다.

한쪽에서는 벽 양쪽을 이은 철제 로프에 샌드백을 걸고 있었다.

샌드백을 때리면서 전진하는 훈련 도구였다.

이걸로 펀치력과 스테미너, 기술을 객관적으로 측정하려

는 것이다.

나무 기둥에 팔다리를 흉내 낸 나무를 붙인 목인방도 있고, 통나무와 샌드백도 있었다.

첫 대회에 나설 열 명을 토너먼트로 뽑기는 어려워 전적과 이력, 신체 능력과 기술로 심사하려는 것이다.

다섯 명의 심사위원 외에 통역들도 많았다.

영어는 기본이고, 중국어와 일본어 통역도 있었다.

다른 언어의 통역은 없지만, 프로 격투가라면 기본적인 영어는 알고 있을 테니 크게 어려울 것은 없었다.

광고가 시작됐지만 한동안 접수와 심사를 받는 외국인은 없었다.

정보를 들었어도 벌써 올 리는 없었다.

기한이 아직 한 달은 남았으니 찾아올 사람은 없었다.

그런데 오늘 갑자기 덩치 큰 외국인들이 단체로 몰려왔다.

주한미군들이었다. 군인이라고 백만 불을 마다할 리는 없으니 당연한 반응이었다.

그리고 미군들은 대부분 덩치가 크고 근육질에 격투 교육도 받은 인재였다. 미군 중에는 세미 프로 수준의 실력자도 많았다.

신청자가 몰려오자 사람들은 바쁘게 움직였다.

신청서를 받고, 먼저 레일 샌드백을 쳐서 10미터를 전진한 시간을 측정했다.

무거운 샌드백을 쳐서 10미터를 옮기는 것은 쉽지 않았다. 펀치력과 스테미너가 없으면 어려운 일이었다.

유술가들이 불만을 표하겠지만, 펀치와 체력은 기본이었다. 기술을 측정할 기준은 없으니, 경력이 없으면 선발이 쉽지는 않았다.

미군들은 다들 체력이 좋아 샌드백을 손발로 쳐서 밀어 옮겼다.

가끔 밀 듯이 쳐서 경고를 받아 감점을 받기도 하며 측정이 진행됐다.

그리고 보너스 점수를 받기 위해 15미터 왕복 달리기를 하거나, 제자리 멀리뛰기를 하는 군인도 있었다.

대부분은 샌드백을 치며 자신의 기술과 힘을 보이며 심사위원에게 어필을 했다.

아직은 경력만으로 선발할 격투가는 오지 않고 있었다.

미군들이 돌아가자 헬스 클럽은 다시 조용해졌다.

그러나 백만 불이 걸렸으니, 곧 미어터지게 될 것이다.

벌써 인터넷으로 여러 랭커들이 신청을 한 상태였다. 심사를 받기 위해 한국으로 올 수는 없지만, 경력을 믿고 신청한 것이다.

한 경기에 백만 불을 벌수 있으니, 곧 일정이 가능한 랭커들은 대부분 인터넷 신청을 할 것이다.

"어라, 이분도 신청했네? 곧 그랑프리인데 일정이 가능한가?"

"누구야? 와, 백만 불이 큰돈이기는 하구나. 이 선수를 직접 볼 수 있다니."

"한국에 1박하며 참가하고 바로 대회에 가려는 것 같네."

"이 선수는 꼭 넣자."

"당연하지."

와글와글.

랭커들의 인터넷 신청도 뜨겁지만, 한국에 있는 외국인들도 득실거리고 있었다.

특히 무에타이를 배운 태국인이 많이 찾아왔다.

물론 펀치력과 체력이 부족해 점수는 낮았다. 실력이 부족하지는 않지만, 체격이 문제였다.

무체급 대결이라 동양인의 체격으로는 어려움이 많았다. 객관적으로 동양인이 100킬로의 근육질 거구와 싸워 이길 가능성은 낮았다.

그래도 실전과 힘을 중시하는 가라데 선수는 높은 점수를 받고 있었다.

그래도 세미 프로 수준의 미군보다도 점수가 낮았다.

랭커들도 인터넷으로 많이 신청하고 있어 숨은 고수가 선발될 가능성은 점차 낮아졌다.

그래도 숨은 고수의 존재를 믿고 문을 열어 둔 것이다.

숨은 고수에게 경력이 있을 리가 없기 때문이다.

"진짜 이 대회 개최하나 봐."

"그 돈 나 좀 주지."

"인터넷에 떠도는 정보로는 미국의 랭커들이 대부분 신청을 했대."

"백만 불이면 한 2박 3일 일정으로 오려고 하겠지."

"와, 그래도 유명한 선수들 얼굴은 볼 수 있겠다."

"그래도 선수 소개는 할 테니 얼굴은 볼 수 있겠다."

"무료라는데 꼭 가자."

"그래. 가서 돈지랄 하는 미친놈도 구경하고."

격투를 아는 팬들은 유명한 선수들을 볼 수 있다는 데 의의를 두고 있었다.

아직은 복면고수의 실력을 믿는 사람은 아주 극소수였다.

세상이 시끄럽지만 정수는 여전히 폐인 생활을 이어 갔다. 강룡사에 오르내리는 것이 수련의 전부였다.

그래도 암기술의 필요는 느껴 수련하고 있었다.

이제는 나무를 타고 달리면서도 동전을 던져 목표에 맞추는 정도가 되었다.

강룡사에 오르고 주말에 서울에 가는 것 외에는 정수는 백수의 삶을 살고 있었다. 한 번 폐인의 생활에 빠지면 자의로 벗어나기 쉽지 않은 법이었다.

"으아함, 이것도 이제 지겹네. 대회에서 이 콤보를 써 봐야지."

정수는 늘어지게 하품을 하다가 게임의 콤보 공격을 대회에서 펼쳐 보기로 했다.

게임도 수련이라고 변명하려는 행동이었다.

그때, 대문에 설치한 인터폰 소리가 울렸다.

"누구지? 찾아올 사람은 없는데. 최 변호사인가? 위험하다고 연락도 안 하는 사람이 여길 왔나?"

정수는 인터폰 소리에 누군지 고민을 하며 방문자를 확인했다.

방문자는 정씨였다.

정씨의 등장에 정수는 긴장하며 대문을 열었다.

지난번 현피 사건때도 정씨가 방문해 추궁을 했다. 정수는 마음의 준비를 하고 정씨를 맞이했다.

"정 사형, 어쩐 일이십니까?"

"이거 너냐?"

정씨는 다짜고짜 신문을 들이밀고 물었다.

정수가 복면을 쓰고 찍은 광고 사진이었다.

대회 홈페이지에 올린 사진인데, 신문에까지 인용되어 기사가 난 것이다.

"이건 뭡니까? 복면 쓴 강도인가?"

"이거 너잖아."

"전 집에만 있었는데요. 그리고 이 눈매와 눈썹은 저하고 다른데요. 이거 뭡니까?"

정수는 눈매가 다른 것을 강조하며 천연덕스럽게 반문을 했다.

"이렇게 젊은 나이에 자신있게 나설 수 있는 실력자 는 너밖에 없어."

"무슨 말인지……. 이거 저 아닙니다. 눈매가 다르잖아요. 왜 자꾸 절 복면강도로 모는 겁니까? 뭐 섭섭한 일이 있으셨습니까?"

"눈매는 분장이나 포토샵으로 했겠지. 혹시 역용 같은 것도 배웠냐? 천만 불을 걸었다는 것은 실력에 자신있다는 소리잖아. 그 정도 젊은 실력자는 내가 알기로 너밖에 없어."

"음, 누가 대회를 여는군요. 지면 한 사람당 백만 불이라……. 나도 나가고 싶어지네. 그런데 우리나라에 고수가 많지 않습니까? 산이 이곳만 있는 것도 아니고, 국립공원도 열 곳은 넘습니다. 꼭 저라고 할 수 있는 것은 아닌데……. 저도 발경은 어려서 성공했습니다."

"내가 국내의 무맥을 다 아는 것은 아니지만, 이런 일을 벌일 수 있는 놈은 너밖에 없어."

"왜 자꾸 그러십니까, 사형. 아아, 더 이상 제 교육비가 안 오는구나. 진작 말씀을 하시지. 잠깐 기다리십시오."

정씨가 무작정 우기자 정수는 다시 뇌물을 챙겼다.

이번에도 돈은 배신을 하지 않았다.

"내가 네게 뭐라고 하겠냐마는, 비전은 비전으로 남아야
한다. 너무 힘자랑하지 마라."

"저 아닌데……."

"흠흠, 읍내에 아파트 공사가 있던데……."

"네, 한 채 준비해 두겠습니다. 사형도 얼른 참한 아가
씨 구해 두십시오."

"흠흠, 열심히 노력하고 있다."

정씨도 누군가를 열심히 꾀고 있는 것 같았다.

'이거, 혹시 정수 아니겠지? 눈매는 완전히 다른데. 돈
많은 무술가가 미친 짓을 하는 건가?'

송 노인도 신문의 기사를 보며 정수를 떠올렸다.

돈과 실력과 어린 나이를 결합하면 정수가 나오는 것이
다. 그래도 눈매가 달라 확신은 못하고 있었다.

띵동.

"누구지?"

─아버님!

"둘째구나."

정수가 처녀귀신을 붙인 둘째가 송 노인을 찾아왔다.

아직 송 노인이 지켜만 보고 있었는데, 용역 업체에서 뭔가 정보를 들은 것 같았다.

휘청휘청.

건장하던 둘째는 몸을 휘청거리며 들어왔다.

"아버님, 살려 주십시오."

"정수가 잡귀라고 했는데, 독한 놈으로 붙였구나."

"아버님!"

"반성 좀 했냐?"

"네, 아버님. 저 좀 살려 주십시오. 일주일째 잠을 못 자고 있습니다. 눈만 감으면……."

"첩 집에 가서 그렇지. 집에는 내가 준 부적이 있잖아. 집에 가면 잠이 잘 올 거다. 그 부적을 옷에 두면 귀신이 떨어질 거다."

"그게……."

"설마 내가 보낸 부적을 대문에 안 붙였냐? 에이, 그게 얼마짜린데……. 이게 다 자식 교육을 잘못한 내 잘못이지. 쯧쯧."

송 노인은 별말은 안 하고 정수가 준 부적을 둘째 집의 대문에 붙이라고 주었다.

바람을 피우는 둘째를 집으로 들어가게 하려고 배려한 것이다. 집에 가면 잠이 잘 올 테니, 바람을 그만 피울 것이라 본 것이다.

그러나 둘째는 인편으로 온 부적을 버렸다.

뒤늦게 뭔가 느끼고 용역 사무실을 찾아 사정을 들었지만, 이미 부적은 찾을 수가 없었다.

"일단 이 집에서는 괜찮을 테니 2층에서 쉬고 있어라."

"네, 아버지."

송 노인을 둘째를 2층의 방에서 쉬게 하고 정수에게 전화를 걸었다.

"어르신, 어쩐 일이십니까?"

─거, 둘째에게 붙은 귀신이 독하네. 척사부 한 장만 더 부쳐 줘.

뜨끔.

송 노인은 둘째가 부적을 버렸다고 말하기 어려워 귀신이 독하다고 핑계를 댔다.

그러자 정수는 내심 뜨끔했다.

귀물에서 뽑은 귀기가 확실히 독했기 때문이다.

"제가 좀 흥분해서 좀 강하게 들어간 것 같군요. 바로 보내드리겠습니다. 제 실수이니 공짜로 드리겠습니다."

─그럴 수야 있나. 내 알아서 값을 쳐주지.

"제 실수인데 당연히 그래야죠."

─그런데 요새 시끄러운 격투 대회의 고수가 혹시 너냐?

"아, 그건 저도 봤습니다. 저하고 닮지도 않았던데요?"

―재력, 젊음, 실력을 생각하니 네가 생각나서 물었다.

"전에도 그러시더니……."

―그냥 그렇다고. 돈 많은 미친놈일 수도 있으니 기다려
보자고. 그럼 부적을 만들고 바로 보내라.

"네, 바로 보내겠습니다."

송 노인도 용건이 있어 전화했다가 혹시 하며 정수에게
질문을 했다.

'아이, 왜 툭하면 다들 나를 의심하냐?'

송 노인은 농담 삼아 말했지만, 정수는 내심 찔리니 긴장
할 수밖에 없었다.

그래도 시위는 활을 떠난 상태였다.

정수의 즉흥적 결심과 최 변호사의 열정으로 천하제일무
술 대회의 막이 오르고 있었다.

9

복면고수

和瘂手運正人

辭頭行路歲以餞之　辭頭行路歲以餞之

春秋六十有二具年春秋六十有二具年

辭此下方觥乾他方辭此下方觥乾他方

　　墓　　　　　墓

永徽三年乙廿一日　永徽三年乙廿一日

路賢人同鬼神而　　路賢人同鬼神而

原共題西山之重　　原共題西山之重

드디어 천하제일무도회가 하루 남게 되었다.

한 달간 처절한 토론과 심사를 거쳐 인터넷으로 신청한 랭커들을 선발했다.

아쉽게도 직접 심사를 받은 자들 중에서 뽑힌 사람은 없었다.

워낙 쟁쟁한 랭커들이 참가해서 선택의 여지가 없었다.

하루 전에 도착하는 규정이라 열 명의 참가자가 모두 한국에 도착해 여장을 풀었다.

대결을 가볍게 생각하는지 컨디션을 조절하거나 연습을 하는 격투가는 없었다.

상식적으로 열 명과 연속으로 싸운다는 것은 말도 되지

않으니 이해는 됐다.

그래도 어느 정도 실력이 있으니 이런 일을 벌였다고 생각해, 과연 몇 명과 싸울 수 있는지에 관심이 쏠렸다.

인터넷 도박 사이트에서는 복면고수가 몇 명을 이기는지에 내기를 걸고 있었다.

정수도 미리 서울에 도착해 호텔에서 쉬고 있었다.

정수도 준비 같은 것은 필요없지만, 새벽에 올라오다가 기차라도 멈추면 천만 불이 날아가니 어쩔 수 없었다.

그리고 은정과 데이트를 즐기며 알리바이를 만들었다.

"어머, 일찍 올라왔네?"

"응. 내일 절에 행사가 있어 일찍 가 봐야 해서."

"흐음, 그래?"

사귀는 사이면 상대의 거짓말을 귀신처럼 맞추기 마련이다. 게다가 애인 정도면 100%였다.

은정도 정수가 거짓말한다는 것을 느끼고 있었다.

그러나 잔고 30억의 영향력이 아직까지 발휘되고 있었다.

정수가 바람을 피우는 것도 아니고, 비밀이 많다는 것도 고려되었다.

그래도 비밀이 있다는 생각에 심통이 나는지 쇼핑에 나섰다.

정수는 또 지갑과 짐꾼 역할을 해야 했다.

내일이 대결인데 체력과 정신력에 심대한 타격이었다.

"자기는 저 사람 알아? 그래도 그런 계통이니 무슨 소문 없어?"

내일이 대결이라 복면고수의 케릭터가 방송 화면에 자주 나타나고 있었다. 은정은 마침 화면에 보인 복면고수를 보고 정수에게 물었다.

그런데 정수는 다른 데 정신이 팔렸다. 자기라는 말에 정수의 정신은 구름 위로 올라간 상태였다.

오랜만의 쇼핑이라 기분이 좋은지 은정이 정수라는 호칭 대신에 자기라고 한 것이다.

"자기라고? 흐흐. 그래, 자기."

"하여간, 완전 천연기념물이라니까."

"아~ 복면고수? 나는 좌도 계통이라서 잘 모르겠어. 저렇게 복면을 했으니 가까운 사람 아니면 모를 거야. 그런데 무도를 수련하는 사람들은 저렇게 공개적으로 나서지는 않아. 아무래도 격투기 선수가 이벤트라도 열려는 것 같아."

"그래?"

복면고수에 대한 분석은 많았다. 정수는 그중에서 격투기 이벤트를 말했다.

은정은 정수의 대답을 다 듣기도 전에 새로운 목표를 살피고 있었다.

여자 중에서 격투를 재미있게 보는 사람은 드물었다. 은정은 마침 복면고수가 화면에 나오자 물은 것이다.

은정이 대답에 신경 쓰지 않고 새로운 목표를 향해 움직이자 정수는 가슴을 쓸어내렸다. 은정이 쇼핑에 집중하지 않았으면 또 거짓말을 짚어냈을 것이다.

힘든 하루를 보낸 정수는 호텔로 향했다.

내일 대회에 나가야 하니 집보다는 호텔에 머문 것이다.

내일 경기장 근처의 길거리에서 최 변호사를 만나 이동하는 작전이 있었다. 임시 보관함의 이메일로 알려 준 접선 방법이었다.

'가발도 썼으니 눈치채는 사람은 없겠지.'

자꾸 추궁이 들어오자 정수는 티가 별로 안 나는 가발을 썼다.

대결이야 당연히 걱정할 필요가 없고, 가발도 써서 들킬 염려도 없다는 생각에 정수는 아주 편히 잠에 들었다.

날이 밝자 대회장 주변에 많은 사람이 몰려들었다.

정수는 눈과 입매를 아래로 내려 변용을 하고, 약속 지점에서 기다렸다.

곧 최 변호사의 차량이 다가와 탑승을 했다.

경기장 인근에는 사람도 많고 경찰도 많았다.

국내에서는 모르는 사람이 없고, 무료이니 호기심에 많은 사람이 몰린 것이다.

"정말 고객님입니까?"

"눈꼬리와 입매를 내렸다고 못 알아보시는 겁니까?"

"정말 그것만으로 사람이 완전 달라 보입니다."

"잘됐네요. 그럼 만약의 경우에라도 알아보는 사람이 없겠습니다."

정수는 차 안에서 옷을 갈아입고 복면을 써서 준비를 마쳤다.

차량은 선수와 스텝 출입구로 향했다.

일반인은 출입이 금지되어 있지만 주차장에서 입구로 걸어가니 멀리서 사람들이 알아보기 시작했다.

"저기 복면고수다!"

"복면이다!"

"그 돈 나 줘!"

"돈이 썩어 나냐?"

"신분이 어떻게 됩니까?"

"무슨 생각으로 이런 대회를 여신 겁니까?"

복면고수가 나타나자 기자와 구경 온 사람들까지 달려들었다.

척척척.

그래도 보안요원들과 경찰들이 길을 막아 난처한 일은 겪지 않았다.

"경찰이 많군요."

"로펌에서도 움직였고, 사람도 많이 모였으니 당연히 경찰이 와서 질서를 유지하고 있습니다."

"그런데 일이 너무 커진 것 아닙니까?"

"이 정도는 예상하고 있었습니다. 다음 대회는 주경기장에서 열 예정입니다. 거기가 아주 꽉 차게 될 겁니다."

"저에게 손도 못 써 보고 질 텐데, 참가하는 사람이 많겠습니까?"

"당연히 더 많아질 겁니다."

최 변호사는 확신에 차서 대답을 했다.

복도를 지나 대회장으로 들어서는데 웅성거리는 소리와 함께 노랫소리가 들렸다. 아이돌 그룹이 경기장에서 노래를 부르고 있었다.

"저런 계획은 없었는데……."

"워낙 관심이 집중되니 공연하겠다고 접촉이 있었습니다. 그래서 방송사에서도 중계를 하고 있습니다. 그리고 참가 선수가 모두 랭커라 미국의 케이블 몇 개에서도 영상을 송출하고 있습니다. 이번에는 적은 금액으로 계약했지만, 다음 대회는 월드컵 수준으로 받아 내겠습니다. 그래도 그 덕분에 적자는 면했습니다."

국내는 워낙 논란이 되어 방송사가 접촉해 왔다. 해외도 랭커가 참가하는 대결이라 어렵게 케이블사와 계약을 할 수 있었다.

물론 다음 대회는 세계적 방송사와 계약할 것이다.

"그래서 돈을 더 받으러 안 왔군요."

대회장으로 들어가자 둘의 대화가 끊기게 되었다.

정수가 경기장 중앙에 있는 좌석에 착석한 것이다.

좌석 주위에는 보안요원들이 벽을 둘러 만약의 사태에 대비했다. 과한 보호이기는 해도 워낙 논란의 중심이 되는 복면고수라 철저히 지키고 있었다.

정수야 몸을 풀거나 준비할 필요가 없었다.

정수는 의자에 앉아 1만여 관중과 방송을 지켜보는 대한민국 천만 시청자의 관심을 한 몸에 받으며 선수들을 기다렸다.

부르르~

그런데 사람들의 시선이 집중되자 정수는 몸을 부르르 떨었다.

긴장하거나 창피한 것이 아니었다.

어떤 열정을 느낀 것이다.

사람들의 시선에는 그런 힘이 있었다.

정수가 집에서 폐인 생활을 한 것은 길을 잃었기 때문이다. 체질을 고치겠다고 어린 시절을 보내다 기연으로 갑자기 대성을 이루자 갈 길을 잃은 것이다.

원래 무도에는 재질도 없었고, 열정도 없었다.

체질 때문에 어쩔 수 없어 하는 수련이었다.

경공이나 검기 같은 여러 절기들이 신기하기는 했어도 호기심 이상은 아니었다. 사는 데 그런 것이 필요하지도 않았다.

오히려 옛날에는 천대받던 부적이 돈 벌기 좋은 세상이었다.

천상검에게 배운 뛰어난 절기들도 호기심과 의무감으로 익히고 있었다.

그런데 이 순간, 정수는 무언가 마음속에 열정을 느꼈다. 사람들의 관심이 힘이 되고 있었다.

게다가 신경 쓰지 않던 중단전에 무언가 변화가 있었다. 무언가가 중단전을 파고들어 왔다.

한 사람에게는 아주 작은 관심과 마음이겠지만, 그것들이 모이자 엄청난 힘이 되고 있었다.

마음이라는 것은 한계도 없었다.

방송을 보는 천만 시청자의 마음이 정수에게 모여들었다.

이런 것이 카르마일 수도 있었다. 사람과 사람이 이어져 마음을 나눈 크기가 인연인 것이다.

정수는 자신의 중단전을 채우는 것이 사람들의 마음이라는 것을 느꼈다.

'이겨라' 하는 마음이었다. 복면인에 대한 나쁜 말도 많지만, 지금 이 순간 같은 한국 사람으로서 이기라고 응원을 하고 있었다.

정수는 중단전이 열려 있어 그 마음을 느끼고 있었다.

정수는 기연으로 그릇을 채워 중단전까지 열었지만 특별한 수련은 하지 않았다.

자연과 하나가 되는 수련을 오래도록 해야 중단전이 커지고 채워지는 것이다.

그리고 천왕현세와 천상천검을 깊이 익혀야 천왕과 천상의 기운을 상단전으로 받아 선도에 이를 수 있었다.

그러나 정수는 더 이상 수련에 관심이 없었다.

강해지겠다거나 수도하겠다는 생각이 없었다.

목표로 하던 고질을 극복하자 수련할 이유가 없어진 것이다.

그런데 오늘 사람들이 마음이 와 닿자 중단전이 무엇이라는 것을 알 수 있었다.

자연이나 사람을 연결하는 통로였다. 신체 내부가 아닌, 외부로의 문이었다.

더구나 정수는 외부에 민감한 체질이었다. 외부로 활짝 열려 있는 체질이었다.

정수는 눈을 감고 의자에 앉아서 사람들의 작은 바람들을 중단전에 모아들였다.

이것은 좌도이고 파격이었다.

원래라면 무위자연하며 자연과 하나가 되며 중단전을

키워야 했다. 나무 한 그루, 바위 하나, 풀 한 줄기와 하나가 되며 머리카락이 하얗게 되도록 수련해야 하는 것이다.

그러나 지름길이 있었다.

정수는 지금 천만 명의 마음을 느끼고 있었다.

중단전을 통해 자연이 아니라 사람과 이어지고 있었다.

화면을 보는 사람들이 자발적으로 보내는 마음이라 열기만 하자 채워지고 있었다. 풀 한 줄기에서나 얻을 수 있는 작은 마음이지만, 천만이라는 숫자가 있었다.

이런 것이 좌도이고 지름길이었다.

정수는 자신의 재능대로 좌도의 길을 본능처럼 찾아가고 있었다.

정수가 의자에 앉자, 요란한 소개와 함께 세계적 격투가들이 차례로 등장했다.

이들도 프로라 과장된 진행을 묵묵히 따랐다.

이런 진행도 대회의 일부분이었다. 흥행이 되어야 파이트 머니도 받는 것이다.

몸을 풀고 나왔는지 선수들의 근육이 땀으로 번들거렸다.

이들은 옛날 식으로 말하자면 외공의 고수이자 실전의 달인들이었다.

어설픈 고수는 한 방에 보낼 만한 힘과 기술이 있었다.

발경을 할 수 있어도 실전에서 쓰기는 쉽지 않았다.

처음에는 진각 같은 것으로 힘을 끌어 올려야 발경을 할 수 있다.

상대가 가만히 서 있는 것도 아니니, 그 정도 수준으로 이들을 이기기는 쉽지 않았다. 상대는 기다려 주지도, 멈춰 있지도 않고 반격도 한다.

실전에서 갓 발경을 할 수 있는 고수가 이들과 싸우다가는 떡실신당할 수 있었다.

적어도 언제 어느 때든지 발경을 쓸 수 있어야 격투가들에게 필승을 자신할 수 있었다. 격투가의 근육의 갑옷을 뚫을 내공이 있어야 하는 것이다.

요즘 세상에 그런 고수는 드물고, 있다 해도 나이가 많았다.

그런 고수가 세상에 몸을 드러내 실력을 과시하지는 않았다.

그 정도 실력에 오르려면 정말 도인의 수련을 했어야 하는 것이다.

그런데 정수라는 존재가 나타남으로써 문제가 생긴 것이다.

소개하는 말에 선수들이 차례로 들어왔다.

이들의 입장 순서는 심사위원인 오덕들이 고심을 해서 정한 것이다.

약한 선수가 먼저 나서는 것이다.

자존심이 상할 수도 있는 문제지만, 백만 불이라는 상금 때문인지 항의를 하는 선수는 없었다.

소개에 따라 경기장 반대편에 격투가들이 차례로 등장해 ·의자에 앉았다.

보통 대회라면 선수들은 대기실에 있다가 자기 차례가 되면 나오겠지만, 이 대결은 예외였다.

소개가 이어질수록 경기장의 분위기와 소란은 극에 이르고 있었다.

그리고 열 번째 선수가 의자에 앉자 갑자기 분위기가 가라앉았다.

이제 대결의 시간이었다.

원래라면 더욱 분위기가 끓어올라야 하는데 침체되어 있었다.

관객들이 좋은 결과를 예상하지 않으니, 분위기가 가라앉은 것이다.

그래도 한국 사람이 난타를 당할 것 같아 걱정하는 것이다.

분위기가 바뀌고 사람들의 걱정하는 마음이 전해지자 정수가 눈을 떴다.

그리고 자리에서 일어났다.

무려 천만에 달하는 사람들의 걱정하는 마음이 느껴지자

참을 수가 없었다.

무언가 조치가 필요했다.

정수는 발을 들어 힘을 다해 바닥을 내딛었다. 모든 내공을 실은 진각이었다.

쿠우우웅~!

위이잉~!

정수의 진각에 경기장 바닥이 물결처럼 출렁거렸다.

천둥 같은 진각의 굉음에 일만 관중이 압도되었다.

엄청난 진각의 위력에 경기장은 순식간에 적막에 휩싸였다. 사람들은 모두 입을 벌리고 멍하니 있었다.

정수도 원래 대결에서 내공을 드러낼 생각도 없었다. 억지로 쥐어짜 낸 발경이라는 인상을 줄 생각이었다.

그러나 천만 명의 걱정하는 마음이 가슴을 채우자, 내공을 모아 압도적인 힘을 보여 준 것이다.

까닥까닥.

정수는 선수를 향해 손짓을 했다.

올라오라는 신호였다.

첫 번째 선수는 얼떨떨해하다가 바닥이 매트인 경기장 위로 올라갔다.

"우와와~!"

뒤늦게 관중들의 함성이 울렸다.

흥분한 중계진의 목소리가 정수에게까지 들리고 있었다.
여기에 외국의 중계진이 있었다면 '오 마이 갓'을 연발했
을 것이다.

"우아아아~! 진각입니다!"

"내공입니다, 내공~! 이게 인간이 낼 수 있는 힘입니
까? 엄청난 내공의 복면고수입니다!"

"시청자 여러분, 내공은 존재합니다! 복면고수는 엄청난
내공의 고수였습니다!"

분위기가 급반전되었다.

관중들과 중계진은 목이 터져라 괴성을 질렀다.

첫 번째 선수는 어리둥절해하며 경기장으로 올라왔다.

정수도 경기장에 올라가 인사를 하며 심판의 신호를 기
다렸다.

경기장 왼쪽에는 푹신한 매트로 만든 벽이 있었다.

경기장을 두르는 벽은 아니었다.

오직 왼쪽에만 있는, 매트로 만든 벽이었다.

벽에는 장난스럽게 과녁까지 그려져 있었다. 짜고 한다
는 오해를 피하기 위해 상대방을 날려 버리겠다는 과녁이
었다.

"우아아! 저거 진각이야?"

"무슨 진각이 경기장을 흔드냐? 혹시 특수 효과 아니야?
인공 지진파를 일으키는 장비도 있잖아."

"너는 직접 보고서도 믿지 못하냐?"

"그래도 저게 말이 되냐?"

"말이 되니 저렇게 나섰겠지. 진짜 고수가 있었구나."

관중들의 흥분에 경기장이 울리고 있었다. 다들 목소리를 높여 방금 전 진각의 위력에 대해 떠들고 있었다.

중계진은 아직까지 똑같은 말을 반복하며 내공과 진각을 떠들고 있었다.

30초도 채 지나지 않았는데, 중계진은 목소리가 갈라질 정도로 고함을 지르고 있었다.

"아아, 진각입니다, 진각! 도저히 인간의 다리로 냈다고는 믿기 힘들 정도의 위력입니다! 시청자분들도 경기장 바닥이 출렁이는 것을 보셨습니까?"

"그렇습니다! 방송으로 제대로 송출되지 못했겠지만, 천둥 같은 소리도 울렸습니다! 이건 도저히 믿기지 않는 위력입니다! 시청자 여러분, 내공은 존재하고 있습니다! 도저히 근육의 힘으로는 낼 수 없는 위력입니다! 세상에! 진각이라니요!"

"맞습니다! 저 정도면 내공이 일 갑자는 될 겁니다!"

"말 그대로 산을 무너뜨리고 바다를 가를 만한 내공입니다!"

흥분한 중계진들은 무협지 속의 내공이나 일 갑자 같은 말까지 쏟아 내고 있었다.

그리고 대결이 시작되었다.

첫 번째 선수도 당황하며 경기장에 올랐지만, 대결이 시작되자 마음을 가다듬었다.

주먹을 강하게 감싸 쥐며, 몸의 긴장을 풀고, 눈을 빛냈다. 몸을 감싼 근육은 고무공 같은 탄력이 넘쳐 당장에라도 앞으로 튕겨 나갈 것 같았다.

그러나 상대는 근육의 힘이 통하는 이전까지의 상대와는 달랐다.

인사가 끝나자 심판이 손짓으로 시작을 알렸다.

그리고 모든 일이 그렇듯, 준비에는 많은 시간과 노력이 들지만 결과는 순식간이었다.

쩡, 쩡!

휘익~

펑!

서양인 선수가 눈 깜박할 사이에 과녁으로 날아가고 있었다.

정수는 상대 선수가 반응도 할 수 없는 속도로 접근해 다리를 차서 공중에 띄우고, 팔을 쳐서 과녁으로 날렸다.

이미 내공을 드러냈으니 실력을 감출 생각이 없었다.

그래도 상대에게 내상을 입히지 않기 위해 힘 조절은 했다.

순식간에 두 번의 쇳소리가 났고, 선수는 공중을 날아서 왼쪽 벽의 과녁에 꽂혔다.

관중들에게는 갑자기 선수가 혼자서 몸을 날린 것으로 보였다.

축제 같던 경기장이 순식간에 남극으로 변했다.

정수의 움직임을 제대로 본 사람은 없었다.

관중들은 갑자기 날아가 동그란 과녁에 꽂힌 선수를 보며 그대로 굳어 버렸다.

"아아악! 아악!"

정적에 잠긴 경기장에 선수의 비명 소리가 퍼졌다.

격투가들은 뼈가 부러져도 비명을 지르지 않는 사람들이었다. 맷집 훈련을 매일 받는 선수가 몇 대 맞았다고 비명을 지르지는 않는다.

그러나 정수의 주먹은 신경을 자극해 입에서 비명을 쥐어짰다. 선수의 갑옷 같은 근육이 막아 주지 못하는 타격이었다.

대기하던 의료진이 고통에 몸부림치는 선수를 싣고 치료소로 갔다.

굳어 버린 관중들은 풀릴 줄을 몰랐다.

어리둥절한 것이다.

중계진들은 겨우 정신을 수습해 대회 규칙에 있던 내용을 떠듬떠듬 말했다.

"네, 네. 어떻게 했는지는 모르겠지만, 안토니오 선수가 타격을 받고 날아갔군요."

"네, 그렇군요. 잠시 후 느린 화면으로 확인해 보겠습니다. 그리고 대회 규칙에 복면고수 님이 격투 글러브를 끼지 않고 맨손인 이유가 있습니다. 사실 저는 타격력을 높이려고 맨손인 줄 알았습니다. 오해한 점, 복면고수 님께 사과드리겠습니다."

"그렇습니다. 대회 규칙에는 복면고수 님이 최대한 상대방에게 내상을 주지 않기 위해 맨손으로 겨룬다고 양해를 구하고 있습니다. 익숙하지 않은 글러브를 끼게 되면 힘 조절을 잘 못할 수도 있다고 합니다. 그리고 고통은 크지만 멍이나 내상 같은 후유증은 전혀 없다고 장담하고 있습니다. 아, 지금 느린 화면이 준비됐군요."

방송에는 느린 화면이 나오고 있었다.

화면에는 복면고수가 접근해 다리를 차서 상대를 공중으로 띄워 올리고, 손으로 때려 날려 버리는 장면이 잡혔다.

그런데 느린 화면인데도 정상 화면을 보는 것 같았다.

물론 상대 선수는 어색하게 천천히 움직이고 있었다.

"다시 말씀드립니다. 이건 8배로 느린 화면입니다. 복면고수 님이 너무 빨라 정상 화면처럼 보이는 겁니다. 상대인 안토니오 선수가 느리게 움직이는 것을 보십시오."

"정말 뭐라 설명할 수 없는 스피드입니다. 복면고수 님은 정말 고수입니다. 마치 경공술을 쓰는 것 같습니다."

느린 화면을 보던 중계진은 감격에 겨워 울먹거렸다.

이 순간, 영상을 받고 있는 미국의 케이블 채널의 시청률
이 하늘로 치솟았다.

미국의 주요 포털에 벌써 캡쳐 영상이 올라오고 있었
다.

이제 소문은 바람의 속도가 아니라 빛의 속도로 퍼지는
세상이었다.

주요 방송사에서는 급히 케이블 채널에 녹화 영상과 중
계 공유를 위해 움직였다.

이렇게 번개처럼 움직이는 곳이 방송 분야였다.

정수는 자신의 진각과 손짓 한 번에 세상을 뒤집혔다는
것을 모르고, 다음 선수를 향해 손을 까딱까딱하며 불렀
다.

다음 선수는 주춤거리면서 시간을 끌었다.

처음 선수가 어떻게 패했는지 보지를 못해 주춤거리는
것이다.

또 정적에 싸인 경기장에 울리던 비명 소리가 귀에 아른
거리고 있었다.

자꾸 시간을 끌자 운영진이 계약서 조항을 지적하며 위
협을 했다. 참가를 결정해 계약서를 쓴 후에 고의로 대결

을 피하면 역으로 백만 불을 토해 내야 한다는 조항이었다.

물론 읽어는 보았지만 심각하게 생각하지 않던 조항이었다.

그러나 이제는 목줄을 잡는 조항이 되고 있었다.

"우우우~"

선수가 겁을 먹은 모습을 보자 관객들이 야유를 보냈다.

두 번째 선수는 어쩔 수 없이 경기장에 올랐다.

중간에 서서 인사를 하고 심판이 시작을 알렸다.

쩡, 쩡!

휘익~

펑!

또 순식간이었다.

"아아아악~"

두 번째 선수는 안토니오가 왜 프로답지 않게 비명을 질렀는지 알 수 있었다. 맞은 부위에서 수천 개의 바늘이 찌르는 고통을 느낀 것이다.

노력의 결정체인 근육은 이 순간 아무런 쓸모가 없었다.

또 의료진이 선수를 싣고 떠났다.

이제는 관중, 시청자, 선수들까지 대결의 순서와 결과를 알게 되었다.

인사를 하고 심판의 시작 손짓이 올리면 두 번의 타격 음과 함께 선수가 날아가서 과녁에 꽂히는 것이다.

쩡, 쩡!

휘익~

펑!

대결을 피할 수도 없으니 다음 선수가 올라와 같은 길을 걸었다.

네 번째 선수는 그래도 변화가 있었다.

인사를 한 후에 바로 누워 버린 것이다. 도저히 타격은 상대가 안 될 것 같아 그라운드로 승부를 보려는 것이다.

5분간 무승부면 패하는 것이 규칙이지만, 손도 못 써 보고 당하는 것보다는 낫다고 생각하는 것이다.

그러나 결과는 변화가 없었다.

심판의 손짓이 있자 정수는 누워 있는 선수를 발로 차 올리고 손으로 때려 과녁으로 날려 보냈다.

정수의 발차기 한 번에 근육질 거구가 가볍게 공중으로 떠서 허공을 날았다.

다섯 번째 선수도 변화가 있었다.

이 선수는 인사를 하다가 갑자기 달려들었다.

그러나 역시 순식간에 두 번의 가격을 당하고 과녁으로 날아갔다.

내공이 없다면 정수의 속도를 따라잡을 수가 없었다.

여섯 번째 선수는 낮은 태클을 걸려고 했다.

그러나 움직이려는 순간 어떻게 맞았는지도 모르고 날아가 비명을 질렀다.

이제 나머지 선수들은 그냥 운명을 받아들였다.

그래도 세계적 격투가들이라 눈을 부릅뜨고 한 번이라도 방어를 하려 했다.

그러나 내공 없이 정수의 움직임에 반응할 수는 없었다. 선수들은 두 눈을 뜬 채로 꼼짝없이 당해야 했다.

마지막 선수는 관찰을 통해 정수의 동선을 파악할 수 있었다. 맞은 부위를 보고 때린 위치를 짐작한 것이다.

그래서 시작하자마자 파악한 동선을 향해 주먹을 날렸다.

그러나 상대를 보거나 스치지도 못하고 과녁으로 날아갔다.

정수에게는 빤히 보이는 느린 주먹일 뿐이었다.

정수에게는 격투가나 일반인이나 차이가 없는 상대였다.

정수에게 닿을 수 있는 주먹은 십 년을 하루같이, 오로지 하나만 연습한 주먹이었다.

그런 수련만이 길이 만들어지고, 내공이 길을 따라 흐르고, 혼이 실리는 것이다.

하나에 십 년을 넘는 세월을 축적해 한계를 넘은 주먹만이 정수를 위협할 수 있었다.

"와와와~!"

"아아아~!"

마지막 선수가 날아가자 관객들은 비명을 지르며 환호했다.

전설의 재현에 사람들은 광란의 환호를 했다.

뭉클~

사람들의 절절한 환호가 정수의 중단전을 채웠다.

천만 명이 넘게 지르는 환호에 정수의 중단전은 터질 듯 차올랐다. 방송을 보는 다른 나라 사람까지 놀라운 실력에 놀라 환호를 보내고 있었다.

마음에는 거리도 한계도 없었다.

이제는 억 단위가 넘어갔다. 정수는 수많은 사람들이 보내준 마음의 조각을 받아 중단전을 채웠다.

제대로 좌도의 길을 따르고 있었다.

과거 중단전을 연 자 중에서 이런 환호를 받은 사람이 있었을까?

무력 높은 장군이라면 가능할 수도 있겠지만, 그래도 수만 정도가 한계일 것이다.

정수는 관중과 화면을 보는 사람들에게 손을 흔들어 화답을 하고 돌아섰다.

이미 중단전은 터질 듯이 끓어오르고 있어 더 이상 견디지 못하는 것이다. 자연의 기운을 중단전으로 받아 수련했다면 수십 년 세월이 걸릴 일이었다.

그러나 수억의 마음을 받자 한순간이었다.

물론 아직 하단전의 내공도 제대로 통제 못하는 상황이
라 중단전을 활용하지는 못했다.

그러나 수련만 제대로 한다면, 호풍환우의 도술도 부릴
수 힘을 모으게 되었다.

정수는 사람들의 환호를 뒤로하고 경기장 내의 복잡한
복도로 접어들었다.

걸어가는 정수의 주위에는 보안요원들이 두 겹으로 방어
막을 치고 있었다.

그만큼 사람들의 환호가 큰 것이다.

경찰들은 관중석에서 내려오려는 사람들을 필사적으로
막으며 질서를 유지하려 했다.

"보셨습니까, 시청자 여러분! 이것이 한국의 무도입니다!
홈페이지에 있는 복면고수 님의 출사표에는 이 점이 잘 나
와 있습니다! 점점 왜곡되는 무도계를 바로잡으러 세상에
나온 진짜 고수입니다! 무도는 수도를 위한 목적에서 출발
했습니다! 그런데 요즘에는 수도보다는 힘과 근육을 중시하
는 격투가 주류가 되고 있습니다! 내공이 있다는 것을 복면
고수 님이 증명하셨으니, 이제 정통 무도를 활성화시켜야
합니다!"

"그렇습니다! 무도는 원래 전인 교육을 위한 가르침입니

다! 아, 지금 관계자와 인터뷰가 있겠습니다."

중계진들이 무도 타령을 하는 중에 인터뷰가 있어 말을 끊었다.

관계자가 자청한 인터뷰였다.

과녁판 때문이었다.

"복면고수 님의 신상에 대해 아는 것이 있으십니까?"

"그건 저희도 모릅니다."

"복면고수 님의 소속 문파라도 알려 주십시오. 천하제일 문이라는 현판이라도 올려야 합니다. 대한민국의 보물입니다."

과녁판 때문에 인터뷰를 자청했는데 중계진들은 이런 기회를 놓치지 않고 질문을 해댔다.

그러자 관계자도 말을 끊고 바로 해명에 들어갔다.

"복면고수 님은 저도 오늘 처음 뵈었습니다. 그리고 제가 인터뷰를 자청한 것은 과녁판 때문입니다. 상대 선수를 과녁판으로 날려 버리는 것이 너무하다는 의견이 많아 해명 차 나온 겁니다."

"그렇습니까? 실력 차가 많이 나는데 날아가는 선수들이 불쌍해 보이기는 했습니다."

"그래서 해명 차 나온 겁니다. 원래 복면고수께서는 한 방에 끝내겠다고 하셨습니다. 그런데 그러면 짜고 했다는 오해가 생길 것 같아 관계자들이 말렸습니다. 그러자 복면고수께서 오해가 없도록 선수들을 날려 버리겠다고 하셨습니다. 과녁판은 날아가는 선수들이 다치지 않도록 준비한 보호 도구입니다. 그리고 이제 짜고 했다는 오해는 없을 것 같으니, 다음 대회부터는 과녁판은 치우도록 하겠습니다. 물론 복면고수께서는 이제 한 방으로 끝내실 겁니다."

"네, 그런 사정이 있었군요. 결과적으로 좋은 선택인 것 같습니다. 저라도 선수가 시작하자마자 순식간에 쓰러지면 그런 오해를 했을 겁니다."

"그럼 다음 대회부터는 한 방이군요. 이거, 경기 시간이 너무 짧지 않겠습니까? 시청자분들이 느린 화면으로 다시 볼 수 있는 여유는 주어야 할 것 같습니다."

"그렇습니다. 다음 대회는 너무 순식간에 끝날 것 같아 걱정입니다."

"혹시 중국에서 고수가 오지 않겠습니까? 중국에서 그렇게 많이 무협 영화를 팔아먹었는데, 설마 고수 한 명이 없겠습니까?"

"그렇죠. 중국 사람 특유의 허풍을 고려하더라고 고수 한 명 정도는 있겠죠. 그런데 나이가 문제군요. 복면고수님의 정확한 나이는 모르겠지만, 젊다는 것은 확실하지 않습니까?"

"그렇습니다. 겉으로 드러난 피부를 봤을 때 아주 젊은 것 같습니다. 그러니 배분상 노고수가 나올 수는 없을 것 같습니다. 중국에서 나이가 많은 고수가 온다는 것은 실력이 부족하다는 방증입니다. 젊은 사람은 젊은이끼리 붙어야 합니다."

중계진들은 초점을 중국으로 돌렸다.

내공을 가진 복면고수에게 현재의 격투가는 상대가 안 된다는 것을 세계에 증명을 했다. 세계 챔피언이 와도 한 방이었다.

그러니 관심이 중국으로 돌려졌다. 중국에서 고수가 참가해야 복면고수의 한 방이라도 막을 수 있는 것이다.

이제 사람들의 관심은 중국에 과연 고수가 있는지에 쏠렸다.

미국에서도 난리였다.

케이블 채널은 곧바로 재방송을 하고, 주요 방송사도 녹화 영상을 받아 방송에 내보냈다.

사람들의 관심에 방송 일정을 취소하고 경기 영상만 계속 재방송했다.

그러면서 느린 화면을 분석하고, 무술계 사람을 급히 불러 의견도 들으며 복면고수로 방송 시간을 채웠다.

세계에 복면고수 열풍이 불고 있었다.

한편, 정수는 대기실을 지나 청소 도구함을 보관하는 창고에서 옷을 갈아입고 가발을 벗었다.

탈출 계획도 최 변호사가 이메일에 여러 작전을 짜서 올렸다. 모두 세 개의 작전이 준비되어 있고, 상황에 따라 탈의하는 장소와 움직이는 동선이 달랐다.

정수는 눈썹을 아래로 내려 인상을 바꾸는 것으로 변신을 마쳤다. 복면고수의 특징인 솟구친 눈썹을 바꾸자 누구도 의심할 수 없는 얼굴이 되었다.

십 분이 지나자 대기실 주변에서 복면고수와 같은 복장의 사람들이 움직였다.

교란 작전이었다.

최 변호사는 운영요원이나 관계자에게 복장을 입혀 움직이게 했다.

경기장의 가판대에서도 복면고수의 옷과 복면이 날개 돋힌 듯 팔리고 있었다.

성공을 확신한 최 변호사가 준비를 철저히 한 것이다.

교란 작전과 혼란을 틈타 정수는 천천히 사람들 틈에 섞여 경기장을 벗어났다.

그리고 기차를 타고 집으로 내려갔다.

정수가 세계를 들었다 놓은 하루였다.

그리고 한 달 후에 다음 대회가 있었다.

그리고 다음 대회에는 중국과 일본의 고수도 나올 가능성이 높았다.

그만큼 세계를 들었다 놓은 대회였다.

세계의 많은 사람들이 다음 대회를 손꼽아 기다리고 있었다.

〈『고수, 하산하다』 제3권에서 계속〉

1판 1쇄 찍음 2012년 11월 28일
1판 1쇄 펴냄 2012년 12월 3일

지은이 | 한주먹
펴낸이 | 정 필
펴낸곳 | 도서출판 뿔미디어

편집장 | 이재권
기획 · 편집 | 문정흠
편집디자인 | 이진선
관리, 영업 | 김기환, 임순옥

출판등록 | 2002년 9월 11일 (제081-1-132호)
주소 | 부천시 원미구 상3동 533-3 아트프라자 503호 (우)420-861
전화 | 032)651-6513 / 팩스 032)651-6094
E-mail | bbulmedia@hanmail.net

값 8,000원

ISBN 978-89-6775-063-3 04810
ISBN 978-89-6775-061-9 04810 (세트)